Ilona Hartmann

Land in Sicht

atb aufbau taschenbuch

Ilona Hartmann, geboren 1990 bei Stuttgart, zog direkt nach dem Abitur erst nach Leipzig und dann nach Berlin, vor allem aber ins Internet. Sie schreibt über Pop und Popkultur und ist Co-Gastgeberin des ZEIT-Podcast »Und was machst du am Wochenende«. »Land in Sicht« ist ihr Debütroman.

Jana hat ihren Vater nie kennengelernt. Alles, was sie über ihn weiß, ist, dass er als Kapitän auf der MS Mozart arbeitet, einem eher wenig glamourösen Kreuzfahrtschiff. Also bucht sie sich kurzerhand eine Woche dort ein. Mit knapp hundert Gästen im Seniorenalter und der trinkfesten Bordbesatzung beginnt die Fahrt von Passau nach Wien. Mit großer Sensibilität erzählt Ilona Hartmann die Geschichte einer jungen Frau auf der Suche nach den eigenen Wurzeln. Ein Roman voller Situationskomik und skurriler Begegnungen, aber auch der Beginn einer zärtlichen, emotionalen Annäherung zwischen Vater und Tochter, die gerade erst lernen, was es heißt, einander Familie zu sein.

ILONA HARTMANN

LAND IN SICHT

ROMAN

aufbau taschenbuch

MIX
Papier | Fördert gute Waldnutzung
FSC® C083411

ISBN 978-3-7466-3932-1

Aufbau Taschenbuch ist eine Marke der
Aufbau Verlage GmbH & Co. KG

1. Auflage 2022
Vollständige Taschenbuchausgabe

Die Originalausgabe erschien 2020 bei Blumenbar,
einer Marke der Aufbau Verlage GmbH & Co. KG
Umschlaggestaltung Anziger und Rasp, München
unter Verwendung einer Illustration von Miriam Bröckel
Satz Greiner & Reichel, Köln
Druck und Binden CPI books GmbH, Leck, Germany
Printed in Germany

www.aufbau-verlage.de

Für meine Eltern

TAG 1

Im Inneren des Schiffs ist es dunkel und kühl. Bordeauxroter Marmorboden, goldene Handläufe an den Treppen. Links von mir sitzt hinter einem Tresen eine Frau mit einer schmalen Lesebrille. Es ist alles genau so, wie ich es mir vorgestellt hatte.

»Hallo«, sage ich leise. »Ich würde gerne einchecken.« Die Rezeptionistin, auf deren Namensschild Ivanka steht, blickt mich über den Brillenrand aufmunternd an. »Willkommen an Bord. Das hier müssen Sie noch ausfüllen.« Sie schiebt ein Klemmbrett mit einem Formular und einen Kugelschreiber über den Tresen. Mit klammen Fingern greife ich danach und trage zittrig einen Namen ein, von dem ich hoffe, dass es meiner ist. Jana Bühler, wahrscheinlich 24 Jahre alt, wohnhaft irgendwo, Adresse vergessen. Den Rest weiß der Personalausweis, den ich auf Nachfrage aus der Tasche angele. Auf einen Decknamen habe ich verzichtet. Ich glaube nicht, dass der Kapitän Einsicht in Passagierlisten hat. »Hier, Ihr Kabinenschlüssel.«

Im winzigen Vorraum des WCs bleibe ich am Spiegel stehen. Ich sehe aus wie eine schlechte Party. Mein Gesicht ist fahl, und auf den Wangen haben sich unregelmäßige rote Flecken ausgebreitet. Ein Schweißfilm glänzt über der Oberlippe, auf der Stirn und dem Nasenrücken. Seit ich an Bord bin, habe ich verlernt, mich wie ich zu verhalten. Damit hatte ich gerechnet, aber natürlich auch ein bisschen gehofft, falsch zu liegen.

Über die Lautsprecheranlage ertönt eine Durchsage: »Liebe Gäste, wir legen in 30 Minuten ab. Ihren Kabinenschlüssel erhalten Sie an der Rezeption. Bitte finden Sie sich in fünfzehn Minuten im Salon auf dem Oberdeck zur Begrüßung ein. Vielen Dank.« Wie ferngesteuert gehorche ich.

Der Salon, ein langer Raum mit niedriger Decke, vielen Plastikpalmen und absurd vielen Säulen, füllt sich nach und nach mit Gästen. Ich stelle mich ganz hinten an die Wand und blicke auf ein Meer silberner und kahler Köpfe. Das monotone Surren der Deckenventilatoren, das sanfte Schlurfen der Schuhe über den Teppich und das gedämpfte Murmeln der Reisegruppe beruhigen mich. Zum ersten Mal wird mir bewusst: Die sind alle mindestens so alt wie meine Großeltern. Die einzige Ausnahme ist ein junges Paar um die 50. Ich atme mit der Gruppe ein und aus.

Ich bin hier. Alles verläuft so, wie ich es vorhatte.

Noch.

Reiseleiter Jo, eine gut gelaunte Ruine von schwer zu schätzendem Alter, betritt die kleine Bühne im hinteren Teil des Raums. In trippelnden Schritten rücken die Gäste näher heran, ich selbst komme in einer Palme zum Stehen. Jo trägt bunte Schuhe, eine selbstbewusst enge Hose und eine Sonnenbrille im lichten Haar, die aussieht, als würde sie gleich abstürzen. Er eröffnet die Veranstaltung mit einigen einleitenden Worten.

»Und zum Schluss: Bei Fragen oder Problemen wenden Sie sich gerne jederzeit an uns. Wir können bei allem helfen. Außer vielleicht bei dicker Luft in der Kabine.« Jo zwinkert wie wahrscheinlich jedes Mal an dieser Stelle. Diejenigen, die als Paar angereist sind, lachen verhalten, wie wahrscheinlich jedes Mal an dieser Stelle.

Der Tagesablauf auf der MS Mozart folgt einer Grundregel: Die Gäste müssen immer entweder satt, betrunken oder beides zugleich sein. Frühstück ab 7 Uhr, Mittagessen um 12 Uhr 30, Kaffee und Kuchen um 16 Uhr, und Abendessen wird um 18 Uhr 30 serviert. Wann und wo wir an- und ablegen, ist auf der Routenkarte im Foyer markiert und wird täglich bei der kurzen Gruppeninformation um 17 Uhr angekündigt. Das Unterhaltungsprogramm ist dezent. Keine Bingo-Abende, aber es gibt Gesellschaftsspiele zum Ausleihen, abgegriffene Spielkarten, einige Bücher, diskrete Animation und eine ab 10 Uhr geöffnete Bar. Abends ab 20 Uhr bedient Bordmusiker Bob das Keyboard und spielt, grob zusammengefasst, das Zweitbeste von gestern. Unter den Gästen freuen sich einige sichtlich über das Unterhaltungsangebot. Noch vor ein paar Tagen hatte ich Witze darüber gemacht, jetzt schäme ich mich für meine Häme.

Als ich in meine Kabine zurückkehre, steht dort der monströse Koffer. Die Klimaanlage war nicht eingeschaltet, so dass sich die warme, feuchte Juliluft im Raum gesammelt und mit dem Geruch des Teppichbodens vermischt hat. Ein Griff am Koffer ist eingerissen, was ich eine angemessene Reaktion des Materials finde. Ich lasse mich mit dem Gesicht nach unten auf die Pritsche an der Wand kippen. Bis zum Abendessen habe ich genug Zeit, um hier zu liegen und mindestens zweimal durchzudrehen, was ich eine angemessene Reaktion meinerseits finde.

*

Bei Kreuzfahrten denkt man gleich an gigantische, schneeweiß glänzende Hochsee-Schiffe mit unvorstellbaren Ausmaßen, tausenden Gästen, zehntausenden Angestellten, zentnerschwere Kronleuchter aus Kristall, Aufzüge aus Glas, Anzüge aus Satin, ein Spielcasino, mehrere Pools, ein Aquarium voller Rochen, Animation, Völlerei, Exzess, Austern, Viagra, Cocktails mit Schirmchen.

Eine schwimmende Großstadt also, mit allen Vor- und nur wenigen Nachteilen. Über allem schwebt der verblichene Titanic-Charme, die bittersüße Hoffnung, etwas Großes könnte, ja: möge bitte hier und jetzt auf dieser Reise passieren. Vielleicht trifft man die Liebe seines Lebens, vielleicht rammt man einen Eisberg, vielleicht fällt einem das Smartphone in die Trüffelpasta. Wer weiß das schon? Eine Reise, so verheißungsvoll wie der erste Schluck eiskalten Champagners, den man dort zur Begrüßung in hauchdünnen Kelchen gereicht bekommt.

All das jedenfalls gibt es auf einem Donaukreuzfahrtschiff wie der MS Mozart nicht. Wer sich für eine Flusskreuzfahrt entscheidet, wählt, aus welchen Gründen auch immer: den Pragmatismus. Es ist die ideale Art zu Reisen für Menschen, die noch ein bisschen was von der Welt sehen wollen, aber bitte nicht zu viel. Allein schon durch die räumliche Begrenzung von beiden Uferseiten entsteht hier gar nicht erst der Eindruck unbegrenzter Freiheit. Eher die Gewissheit: Alles, was hier passiert, passt auf zwei Bierdeckel.

Flusskreuzfahrtschiffen sind natürliche Grenzen gesetzt, ein Muster, das das gesamte Konzept einer solchen Reise durchzieht. Auffallend ist die Abwesenheit alles Maritimen. Keine blau-weiß gestreiften Sonnenschirme, keine kinderzimmergroßen Aquarien mit Zierfischen, keine unterarmdicken Schiffstaue als Deko an der Wand. Es stimmt ja auch: Meer machen die Großen.

Trotzdem wird nichts unversucht gelassen, den mondänen Glamour eines Atlantikkreuzers zu imitieren. Aber spätestens, wenn man aus den Fenstern seiner Außenkabine blickt, draußen oberösterreichische Kleinstädte vorbeiziehen und das Eiscafé »VALENZIA« an der Hafenpromenade wegen defekter Leuchtbuchstaben nur noch »NZI« heißt und jemand ein A zwischen N und Z gesprüht hat – spätestens da wird man sich bewusst: Hier trifft keiner die Liebe seines Lebens.

Höchstens jemanden für den nächsten Wanderurlaub.

Ein schwimmendes Hotel ist trotzdem aufregend und an vielen Stellen bemerkenswert. Nach einem ersten Streifzug an Bord kann ich einige Punkte ausmachen, die ich am Konzept Flusskreuzfahrt positiv hervorheben würde.

Es klingt banal, aber damit muss man erstmal klarkommen: Auf einem Schiff ist man durchaus etwas Besonderes. Es herrschen verkehrte Verhältnisse. Da, wo sonst Straße ist, ist jetzt Wasser. Da, wo sonst das Hotelbett der einzige Fixpunkt einer Reise ist, fährt es jetzt mit einem herum. Da wo man sonst immer dachte: »Binnenschifffahrt« ist eigentlich nur bei Scrabble nützlich, gehört man jetzt plötzlich dazu.

Man wird übrigens in der Regel nicht seekrank, denn hier gibt es, Überraschung, keinen Seegang. Nur ab und zu entstehen ein paar große Wellen, wenn dicke Passagier- oder Containerschiffe vorbeifahren. Wie jeder vernünftige Mensch winke ich wie verrückt, wenn wir nah an Spaziergängern am Ufer vorbeikommen, denn das ist die erste Regel im Kreuzfahrtclub. Hallo! Ich bin hier! Wir schwimmen!

Die MS Mozart ist ein schönes Schiff. Einigermaßen. Auf dem Wasser wird Schönheit in anderen Einheiten gemessen. Alles ist ein bisschen dunkler, enger und niedriger, als man sich das an Land gefallen lassen würde. Die Decken hängen tief, die Flure ziehen sich lang und duster, das Fensterglas ist trüb. Das Dekor der Tapeten zeigt exotische Pflanzen, die nur für einen kurzen Moment in der Geschichte der Menschheit wuchsen, nämlich 1994 im Kopf des Tapetendesigners. Die Sessel im Salon sind mit gelblichem Kunstleder bezogen, das beim Hineinsetzen quietscht und beim Aufstehen schmatzt. Die Tische im Speisesaal sind aus Kirschholz oder etwas, das danach aussieht. Die Kronleuchter sind üppig, aber modern, also eckig. Jemand Perfides hat eine Waage neben die Tür zum Frühstücksraum gestellt, was entweder ein schlechter Witz ist oder eine gute Methode, um die Ausgaben für Lebensmittel an Bord gering zu halten. Ja, doch: Die MS Mozart ist ein besonderes Schiff, das merkt man gleich.

Man gewöhnt sich schnell an die Enge. Nach einem Landgang lässt man sich von der schattigen, schützenden Dunkelheit gern umarmen. An manchen Ecken fehlt der Lack oder eine Schraube, aber insgesamt, ach, das geht schon noch. »Da an der Reling bitte nicht anlehnen«, sagt Janko, der kroatische Bordmanager, an verschiedenen Stellen leise zu den Gästen. Sobald wir anlegen, stehen die Matrosen mit Farbeimern an Deck und bessern Stellen aus, die sonst niemand bemerkt hätte. Es erweckt bei uns Passagieren den Eindruck durchgehender Instandhaltung und wird wohlwollend zur Kenntnis genommen.

Man entdeckt immer wieder neue Lieblingsorte. Zum Beispiel der einzelne Sessel im Salon, der in einer Ecke steht und auf den ab dem Nachmittag ein goldener Lichtfleck fällt, während der restliche Raum beinahe nicht erhellt wird. Passend zu den Lichtverhältnissen gibt es in der Bordbibliothek vornehmlich düstere Literatur: schwedische Kriminalromane und Männerzeitschriften.

Neben den kraftvollen Wellen, die während der Fahrt an den Bug der MS Mozart schlagen, ist vor allem der Schiffsmotor zu hören. Er röhrt mit einem tiefen Bass am Heck des Schiffes und versetzt von dort alles in gleichmäßige, sanfte Vibration. Läuft er über Nacht, ist an Schlaf nicht zu denken, zumindest nicht in den Kabinen nah am Maschinenraum. »Ihre Kabine ist leider ziemlich nah am Maschinenraum«, sagt die Rezeptionistin bei der Verteilung der Zimmerschlüssel, was ich in dem Moment noch nicht ganz einordnen kann. Heißt das, ich muss wie am Notausgang im Flugzeug im Falle einer Panne rettend einspringen? Oder soll ich ab und zu den Ölstand prüfen? 200 Liter Diesel pro Stunde verbraucht die MS Mozart laut Steckbrief im Foyer, da kann man sich im Hinblick auf den ökologischen Fußabdruck schon mal überlegen, ob man nächstes Jahr nicht doch lieber selber rudert. Die Mecklenburgische Seenplatte soll ja auch ganz schön sein.

Ein besonderes Spektakel, auch akustisch, sind Schleusen. In der Schleuse hört man alle nur vorstellbaren Arten von Geräuschen, zu denen Wasser fähig ist. Rauschen, Gurgeln, Blubbern und Zischen, mal ganz leise, mal tosend laut, gleichzeitig oder in rhythmischer Abfolge. Wir werden auf der Strecke Passau–Wien 22 Mal in einem dieser Wasseraufzüge stehen. Es ist ein bisschen, wie wenn eine Schildkröte Eier legt: alles geht unendlich langsam, bis man schließlich mit einem Mal, schwupp, draußen ist.

Der Reiz ist schnell verflogen. Schon die zweite Schleuse schauen sich nur noch halb so viele Gäste vom Oberdeck an wie die erste.

Ein Geräusch, an das man sich allerdings eher nicht gewöhnen wird: Wenn wir in einem Hafen anlegen und größere Schiffe vorbeifahren, schwankt die MS Mozart durch die erzeugten Wellen und schrammt rhythmisch am Metall des Pontons, was ein gespenstisches, markdurchdringendes Ächzen zur Folge hat. Wie bei Turbulenzen im Flugzeug sorgt es für kurze Anspannung unter den Gästen. Auch bei denen, die nicht mehr so viel hören.

Meistens riecht es einigermaßen unauffällig auf dem Schiff, aber leider nicht immer. In den Gängen ist alle vier Meter etwa in Knöchelhöhe ein kleiner Behälter angebracht. Darin befindet sich eine zähe, gelbliche Flüssigkeit, die alle zwanzig Minuten automatisch mit einem Sprühstoß in die Luft abgegeben wird. Der Geruch ist so süß, dass man ihn auf der Zunge spüren kann; schwer und betörend schmeckt er, nach Vanille, Blumen, Seife und ganz dunkel, erst hinten im Rachen: nach der Vergänglichkeit allen irdischen Lebens.

Das Leben wird nirgends bewusster genossen als unter Menschen, die die meiste Zeit davon schon hinter sich haben. Das ist auch auf der MS Mozart so. Und wer es nicht glaubt, soll die Gäste nach dem zweiten Riesling einmal darauf ansprechen. Ganz egal, wo sie herkommen, auf dieser

Reise finden sie für immerhin acht Tage und sieben Nächte eine Abwechslung von der Enge des eigenen Zuhauses und der Endlichkeit generell.

*

Lange fühlte es sich richtig an, diese Reise zu machen. Wie das Beste, was ich für mich tun könnte. Aber je näher die Abfahrt rückte, desto näher kamen auch die Zweifel.

Dabei fing es so beiläufig an. Einmal, es war noch Winter, traf ich in einer verschneiten Nacht an irgendeinem Bartresen in einer anderen Stadt einen Mann, der mir über die Länge von drei Drinks hinweg erzählte, wie er erst mit 18 seinen Vater kennengelernt hatte. Es habe sich bei ihm eine Wunde geschlossen, sagte er, eine, von der er gar nicht gewusst hatte, dass sie überhaupt existierte. »Als hätte ich mein ganzes bisheriges Leben nur auf einem Bein gestanden, und plötzlich hatte ich zwei«, sagte er. Ohne genau zu wissen, wovon er sprach, wusste ich sofort, was er meinte. Solange ich den kalten Rauch noch in meinen Haaren riechen konnte, dachte ich über seine Worte nach. Was, wenn es mir genauso gehen würde? Eigentlich hatte ich mich längst damit abgefunden, meinen Vater nicht zu kennen. Beziehungsweise: Ich hatte diese Tatsache nie in Frage gestellt. Es war meine Realität. Es war die Wahrheit. Oder zumindest der Teil davon, den ich kannte.

Mir tat nichts weh. Ich dachte nicht nach über meinen fehlenden Vater, ich vermisste nichts und schon gar nicht diese unkonkrete Person. Auch ohne ihn hatte ich zu jedem Zeitpunkt in meinem Leben genug Probleme. Anders gesagt: Ohne Vater aufzuwachsen war die meiste Zeit ziemlich normal oder wurde zum dem, was ich für normal hielt.

Nach diesem Abend fielen sie mir plötzlich überall auf, die Väter: Auf dem Spielplatz an der Schaukel, hoch, höher, am höchsten und nochmal. Im Zug, der Mann im seriösen Anzug mit einem knallbunten geknüpften Armband aus Plastikschnüren, das unter seinem Hemdsärmel hervorlugte. Vor mir an der Ampel, der junge Typ mit dem Mädchen auf den Schultern, das sich beim Losgehen quietschend in seinen dunklen Locken festkrallte, so sehr, dass sich seine Augen verzogen.

Szenen, die ich in jeder Vorabendserie hätte wahrnehmen können, aber jetzt war ich mir selbst nahegekommen und weich geworden. Alles daran wurde für mich zum Fallbeispiel. Ein Vater, Abbildung ähnlich. Interessiert studierte ich die unterschiedlichen Typen.

Die Sehnsucht nach dem unbekannten Gefühl, meinen Vater zu kennen, ließ mich auch die folgenden Wochen nicht mehr los. Was lange undenkbar war, wurde im Laufe weniger Monate plötzlich zur dringenden Idee: Ich muss meinen Vater finden und kennenlernen, sagte ich mir, sonst bleibe ich vielleicht für immer nur halb – halb Ich, halb da, halb am Leben. Diese Furcht überstieg die Vorstellung, einem Fremden zu begegnen, der mein Vater war, sich aber nicht vertraut anfühlte.

*

Es ging überraschend leicht, den vollständigen Namen meines Vaters im alten Adressbuch meiner Mutter zu finden. Es war Weihnachten, ich war zum jährlichen Besuch angetreten, hatte aber dieses Mal einen Auftrag. In einem unbemerkten Moment fingerte ich das abgegriffene Heft aus dem Geheimversteck im Gläserschrank. Mit feinem Bleistift hatte meine Mutter ihn mit ihrer gestochen scharfen, leicht nach rechts geneigten Schrift ganz nüchtern eingetragen, zwischen einem Hals-Nasen-Ohren-Arzt aus der Kreisstadt und unseren Nachbarn von gegenüber. Im Internet fand ich seine seit 2010 nicht mehr aktualisierte Homepage mit Reisefotos aus Vietnam, Norwegen und Indien. Auf einem Bild war er mit einer Reisegruppe zu sehen. Bildunterschrift: »Milan, unser 1. Kapitän der MS Mozart«. Ich vergrößerte das Bild so lange, bis nur noch beige, rote, braune und schwarze Pixel zu sehen waren, zoomte wieder heraus, besah mir jedes einzelne Detail seines Gesichts, fotografierte es ab, hielt mein Gesicht im Badezimmerspiegel neben das Foto auf dem Display, schickte es meiner Freundin Tessa. »Ich glaube, das in der Mitte ist mein Vater?«, schrieb ich dazu. Sie antwortete: »Sieht man!«

So einfach also. Auf einen Blick erkennbar verwandt. Das war neu. Ich weinte sofort und lange, die Stirn an den kalten Spiegel gelehnt. Ein Hinweis auf keine Geringere als mich selbst. Möglicherweise war ich also doch echt. Keinem mir bekannten Familienmitglied sah ich ähnlich. Nur meine Mutter und ich wurden einmal auf einem Weihnachtsmarkt von einem Glühweinverkäufer für Schwestern gehalten, als ich vierzehn war. Was blieb, war das Gefühl, von jemandem ausgedacht worden zu sein, der seine Erfindung gelangweilt zurückgelassen hatte.

*

Oben an Deck. Es ist mittlerweile später Nachmittag und wir haben vor etwa einer Stunde unter dröhnendem Hupen abgelegt. Die Stimmung ist entspannt. Man grüßt jeden an Bord mit einem freundlichen Nicken, und weil ich mit Abstand die jüngste Passagierin bin, habe ich auf einen Schlag fast einhundert neue Großeltern, die mich anlächeln. Geld oder Süßigkeiten wurden mir leider noch nicht angeboten.

Um nicht zu nah am Kapitänshaus vorbeizulaufen, setze ich mich in einen der Liegestühle am anderen Ende des Sonnendecks. Der Fahrtwind lässt die gehisste weiß-rote Flagge der norddeutschen Reederei über mir im Wind knattern. Der brummende Motor und das tosende Wasser vollenden die maritime Geräuschkulisse. Ich schließe für einen Moment die Augen und stelle mir im orangefarbenen Leuchten unter meinen Lidern vor, das hier wäre Urlaub.

»Jetzt muss ich Sie aber wirklich mal fragen. Sind Sie ganz allein angereist? Also, ich hoffe, Sie nehmen mir das nicht übel, aber ich habe Sie ein wenig beobachtet vorhin, und naja, da habe ich mich gefragt, wie so eine junge Frau wie Sie auf einem Schiff voller Greise wie uns landet.« Jemand kichert neben meinem Ohr. Ich öffne die

Augen und drehe den Kopf in Richtung der hellen Frauenstimme, die mich da gerade angesprochen hat. »Ich, also, ja. Ja bin ich, also allein«, sage ich und blicke dabei in ein unglaublich faltiges Gesicht einer Frau um die 70 mit schlohweißen, kurzen Haaren und wachen, großen Augen. »Entschuldigung, ich habe mich gar nicht vorgestellt: Marita«, sagt Marita und schüttelt kräftig meine verschlafene Hand.

»Freut mich. Jana«, sage ich und werde langsam wach. »Mit wem sind Sie denn hier?«

»Mit meinem Mann, Enno, der ist irgendwo da hinten. Er fachsimpelt vermutlich gerade mit dem Kapitän. Interessiert sich für Schifffahrt und solche Sachen. Wir sind jedes Jahr hier. Ich will eigentlich einfach nur mal eine Woche lang nicht abspülen und ein bisschen Natur und Kultur sehen, ohne mich dafür viel zu bewegen.« Ihr Gesicht ist wirklich unfassbar runzlig, bei jedem ihrer Worte setzen sich die Fältchen in Bewegung wie bei einer Laola-Welle. Ich nicke und rutsche beim Versuch, mich aufzurichten, beinahe von der Klappliege. Marita lacht wieder – ein tiefes, kehliges Lachen, das nur von jemandem kommen kann, der in seinem Leben schon sehr viel erlebt und noch mehr geraucht hat.

Eine Woche lang nicht abzuspülen ist tatsächlich eine Aussicht, die auch mir gefällt. Ich denke an meine untervermietete Wohnung in Berlin und daran, dass dort gerade vier Britinnen einen Junggesellinnenabschied feiern. Allerdings bin ich Marita auch noch eine Auskunft schuldig. Natürlich war mir bewusst, dass es neugierig machen würde, wenn ich als junge Frau eine Art zu reisen wähle, die vornehmlich von Menschen im letzten Lebensdrittel bevorzugt wird. Und natürlich habe ich mir im Vorfeld dafür einstudierte Sätze zurechtgelegt: »Meine Großmutter hat diese Reise bei einem Preisausschreiben gewonnen. Leider kann sie wegen einer Verletzung am Bein nicht teilnehmen. Deshalb bin spontan ich eingesprungen«, sage ich. Es klingt auswendig gelernt, aber ich bin mit meiner Lüge ziemlich zufrieden. Auch Marita nickt verständnisvoll. »Ich gehe mal nach Enno sehen. Wollen Sie mitkommen?« fragt sie mich im Aufstehen. Ich schüttle ein wenig zu schnell den Kopf. »Vielen Dank, ich glaube, ich sonne mich hier noch ein bisschen.« Mit sonnen meine ich steif auf dem Rücken liegen und den Gedanken verdrängen, dass da wenige Meter hinter mir der Kapitän des Schiffs steht.

Es wäre eine gute Gelegenheit gewesen, meinen Vater ganz beiläufig kennenzulernen. Aber ich bin noch nicht so weit. Und ich will auch keine Beiläufigkeit. Ich will, dass wir uns in die Augen sehen und dass dieser Moment mir gehört. Ich bin nicht bis an diesen Punkt gekommen, um mir von ihm einen schlaffen Handschlag abzuholen und dann wieder zu gehen, weil Enno und Marita mit mir zum Abendessen wollen. Morgen, sage ich mir, morgen früh gleich als erstes. Da gehe ich dort hoch und sage Hallo. Oder was auch immer man in so einem Moment sagt.

Als Marita ein paar Sekunden später weg ist, sehe ich ihr doch noch einmal nach. Sie geht zielstrebig auf das Kapitänshaus zu, wo ich schemenhaft die Silhouette zweier Männer erkennen kann. Einer ist groß und schmal, einer eher gedrungen. Zu wissen, dass einer davon mein Vater ist, beruhigt mich irgendwie.

Ich muss eine ganze Weile in diesem Zwiespalt versunken sein, denn plötzlich knackt die Lautsprecheranlage, und eine Männerstimme bittet freundlich zum Abendessen. Ich höre das Rascheln und Scharren von Beinen, die sich in Bewegung setzen. Als ich die Augen endlich aufmache, ist das Sonnendeck fast leer. Um nach unten in den Speisesaal zu gelangen, muss ich mich irgendwie am Kapitänshaus vorbeischleichen.

Als ich aus den Augenwinkeln hinüberschiele, sehe ich nur noch den großen schmalen Mann. Er steht ruhig hinter dem Steuer, fast wie eine Wachsfigur. Ich hätte gedacht, man müsse ein Schiff aktiver bedienen, öfter Knöpfe drücken, Hebel ziehen, Anzeigen kontrollieren. Aber er steht nur da, hält den Steuerhebel in der rechten Hand und blickt geradeaus, wo das Schiff mit seinem Bug die Mitte des Flusses zerteilt. Nur noch wenige Schritte und ich bin in Hörweite. Ich könnte jetzt einfach »Ahoi« sagen. Auf einem Flusskreuzer ohne jede seefahrerische Mission wäre das sicher ein lustiger Scherz.

»Ahoi«, sagt da der Mann, mein Vater, Milan Blažek. Er hat sich umgedreht und mich entdeckt, wie ich eingefroren wenige Schritte vor dem offenstehenden Kapitänshaus verharre. Seine Stimme klingt anders, als ich sie mir vorgestellt hatte. Höher, weicher, und ein bisschen matt, wie meine normalerweise. »Hallo«, sage ich und meine Stimme klingt auch anders, als ich dachte – dünn und wellig wie nasses Papier. Ich schaue Milan lange an, und wenn ich lange sage, dann meine ich wenige Augenblicke, so lange, wie ich es gerade noch aushalte. Eine, zwei, drei Sekunden. Dann rutscht mein Blick von ihm ab. Wir sehen uns ähnlich, wie genau, kann ich noch nicht sagen. Ich bin zu weit weg, um die Züge seines Gesichts im Detail zu erkennen. Etwas in der Art, wie er dasteht und die Umgebung sich um ihn herumlegt, ist vertraut wie ein Spiegelbild.

Mein Mund verzieht sich ohne mein Zutun zu einer Art Lächeln, und ich taste mich weiter an ihm vorbei zur Treppe, die ins Foyer führt.

*

Im Speisesaal, der eigentlich nur ein niedriges, langes Zimmer ist, liegt angeregtes Gläserklirren, Brummen, Plaudern in der Luft. Und Hüsteln, was die Szenerie etwas vorwurfsvoll wirken lässt. Wenn man mal 60 Jahre lang verheiratet war, ersetzt man verbale Kommunikation vermutlich automatisch durch Gehüstel.

Auf der MS Mozart wird jetzt der erste Gang des Dinners serviert. Roastbeef-Röllchen mit Kaperncreme und, als vegetarische Variante, ein mit einer Scheibe Gouda umwickeltes Büschel Rucola. Dazu wird Wein empfohlen, was ich nachvollziehbar finde.

Schon unter Menschen meines Alters wäre mir ein Abendessen mit lauter Fremden am Tisch nicht besonders angenehm. Als einziger Mensch ohne Sehhilfe brauche ich erst zwei Gläser süßlichen Weißwein, um überhaupt etwas anderes zu den Tischgesprächen beizutragen, als auch verlegen zu husten.

»Ist das Ihre erste Kreuzfahrt?«. Ich wende mich an den großen weißblonden Mann links von mir, den ich auf Ende 60 schätze. Seine freundlichen Augen wandern kurz zu mir herüber, dann starrt er wieder auf seinen Teller und nickt verlegen. Sein hellblaues Hemd ist tadellos gebügelt, am Kragen hat er eine Serviette eingesteckt.

»Und gefällt es Ihnen bisher?« Meine Stimme wird unsicher. Es wäre seltsam, die Unterhaltung jetzt schon wieder abzubrechen, aber es fühlt sich genauso falsch an, noch eine Frage zu stellen. Ich möchte ihm nicht das Gefühl geben, von seiner verschlossenen Reaktion verprellt zu sein, obwohl es wahr wäre. Er nickt wieder, ohne einen Laut von sich zu geben.

»Er ist Däne, die sind immer sehr still«, flüstert da eine Frau von rechts auf Englisch in mein Ohr. Es ist das zweite Mal an diesem Tag, dass ich von jemandem erst den Lufthauch seiner Worte am Hals wahrnehme, bevor ich ein Gesicht dazu sehe. Was weniger romantisch ist, als es sich anhört. Ich wende mich nach rechts und blicke dieses Mal in ein absurd glattes, altersloses Frauengesicht, das genauso gut 35 wie 65 sein könnte. »Karen. Schön, Sie kennenzulernen!« stellt sie sich vor. »Hi, Jana, freu mich auch.« Karens Gesicht leuchtet auf. »Jenna! Was für ein hübscher Name.« –»Nein, also mein Name ist Jana. J-A-N-A.« Irgendwas an ihr provoziert mich. »Jenny, verstehe. Auf eine wundervolle Woche!«, sagt sie und hebt das Glas. Durch ihren leichten Überbiss klingt es, als würde sie jedes Wort beim Aussprechen kleinraspeln. Karen fragt unbeirrt weiter: Wohnort? Beruf? Familienstand? Kinder? Ob ich Amerika mag? »Nicht so sehr«, sage ich. Der Blick des Dänen trifft sich mit meinem und ich glaube, wir denken aus unterschiedlichen Gründen das Gleiche: Worauf haben wir uns hier nur eingelassen. Karen sagt nichts mehr.

Erkenntnis: Das, was ich mir launig und interessant vorgestellt hatte – die Jüngste unter Älteren zu sein, die Flusskreuzfahrt als Biotop für Wunderlichkeiten, der geheime, selbsterteilte Auftrag – das alles ist in Wirklichkeit seltsam und vielleicht sogar ein bisschen beklemmend. Immerhin: Im Vergleich zu früher bin ich besser geworden im Betrinken, was mir jetzt zugutekommt. Denn eines lässt sich rückblickend mit ziemlicher Sicherheit über mein bisheriges Leben sagen: Ich hätte einfach mehr saufen müssen.

*

»Unter ferner liefen.« Wenn meine Mutter gefragt wurde, wo mein Vater sei, antwortete sie oft diese drei Worte mit ironischem Unterton. Es kam selten vor, aber doch oft genug in meiner Anwesenheit; auf Ämtern, bei Elternabenden, beim Vorspiel der Musikschule. Situationen, in denen der Staat oder die Gesellschaft der Elternschaft ihren Tribut forderte – Geld, Interesse, Stolz sollten gezollt werden, idealerweise natürlich von beiden Elternteilen. Meine Mutter tat ihre Pflicht, der fehlende Vater fiel nach dem gängigen Rollenverständnis nicht sofort auf, aber doch irgendwann.

»Unter ferner liefen«. Meine Mutter verweigerte einfach nonchalant die Auskunft. Und mehr noch: Sie gab mit ihrer knappen, sogar ein wenig geheimnisvollen Antwort zu verstehen, dass dieser Vater so unwichtig sei, dass nicht einmal sein Verbleib eine Bemerkung wert war. Es stimmte ja auch, in unserem Leben war er nicht mehr als eine Fußnote, er stand im Kleingedruckten, während meine Mutter den Haupttext belegte.

»Unter ferner liefen«. Niemand sonst in meiner Umgebung verwendete diesen Begriff, und ich hielt ihn lange für einen Ortsnamen – Unterfernerliefen. Da wohnte mein Vater, vermutlich zusammen mit allen möglichen anderen Vätern. Seine Hauptaufgabe war, sich nicht zu melden. Unter gar keinen Umständen. In Unterfernerliefen war das leicht, es gab kein Telefon und kein Internet, und bis in die nächste Stadt war es so weit, dass man den Weg kaum an einem Tag schaffte. In Unterfernerliefen war die bundesdeutsche Sammelstelle für übriggebliebene Väter, die, aus welchen Gründen auch immer, sich dazu entschlossen hatten, lieber dort zu leben als bei ihren Familien. Irgendwann suchte ich Unterfernerliefen einmal auf der Landkarte und fand: nichts. Was ja auch zur Realität passte, auf eine Art.

Die Flucht in die größte und am weitesten von zu Hause entfernte Stadt war nur eine Frage der Gelegenheit. Sie trat durch den Briefkasten in mein Leben, in Form einer Zulassung zur Universität, die ich nach der Einschreibung kein einziges Mal besuchte. Irrtümlicherweise war ich bis zu diesem Zeitpunkt zu einer bodenständigen Person herangewachsen. Sobald ich unbeobachtet war, brach sich eine bis dahin ungeahnte Lethargie Bahn, langsam und unerbittlich wie ein Vulkanausbruch in Superzeitlupe.

Berlin also. Ernüchtert musste ich feststellen, dass ich nicht, wie von der Hautpflege-Werbung für junge Haut versprochen, »aufgeblüht« war.

Stattdessen war ich immer verlorener und leerer geworden, als hätte ich an jedem Zwischenhalt von der alten in die neue Stadt ein wenig Lebenswillen aus dem Fenster auf die Provinzbahnsteige geworfen.

Die ersten Jahre im eigenen Leben fühlten sich an, wie freihändig auf dem Fahrrad bergab fahren. Nachts. Ohne Gucken. Es hätte Spaß machen können, aber ich hatte die ganze Zeit Angst um meine Vorderzähne. Nichts war so leicht oder unbeschwert wie gehofft, stattdessen hatte ich die ganze Schwere der Heimat mitgenommen. Was für ein Betrug. Ich fühlte mich übers Ohr gehauen von meiner eigenen Hoffnung und jedem einzelnen Coming-of-Age-Roman, den ich je gelesen hatte.

Durch eine Bekannte gelangte ich an einen Job, der es mir erlaubte, unabhängig von Zeit und Ort Geld zu verdienen und viel zu reisen. Im Unterwegssein fand ich in guten Momenten eine trotzige Befreiung. In schlechten immerhin noch eine gute Ablenkung davon, dass ich mich damit anlog. Frei war hier höchstens manchmal der Sitzplatz neben mir, den ich mitreservierte, um meine Ruhe zu haben. Um an das Geld zu kommen, pflegte ich Fotos in eine digitale Bilddatenbank ein und versah jedes der Bilder mit drei bis sechs Schlagworten für die Suchmaschinenoptimierung.

Kind – Sand – Eis – Sonne – Urlaub
Clown – Pistole – Goldfisch – Scherben
Frau – Glatze – Kamm

Ich verdiente genug, um mit den günstigsten Bahntickets zu unbequemen Reisezeiten durch Europa zu fahren. Die Tage vertrieb ich mir in fremden Städten, ohne das Ziel zu haben, sie wirklich kennenzulernen. Ich wollte nur irgendwo sein, wo ich nicht wohnte und mich berührungslos durch öffentliche Räume bewegen konnte. Das meiste Geld gab ich für saubere Unterkünfte und Taxifahrten aus. Aus dem Autofenster starrte ich auf der Rückbank die Häuserschluchten hinauf bis zum Himmel, der in Brüssel ganz erstaunlich blau, in Kopenhagen flauschig weiß und in Lissabon überhaupt nicht zu sehen war, weil die gesamte Fahrt über ein LKW auf der Nebenspur die Sicht versperrte. Am Ende war es auch irgendwie egal. Es ging schließlich nicht um Romantik.

Meine erste eigene Wohnung verwandelte ich sofort in einen Umsteigebahnhof. Das Nötigste befand sich griffbereit in einem unordentlichen Haufen auf dem Boden, und mehr als das brauchte ich sowieso nicht. Ich musste nur frische Wäsche vom Ständer angeln und konnte wieder verschwinden. Mir gefiel die Idee, nicht viel mehr zu sein als ein Geruch in der Luft oder eine eben noch warm gewesene Türklinke. Zum Auszug hatte mir meine Mutter ein riesiges, schweres Festnetztelefon geschenkt, das nun wie ein schwarzer Monolith hinter dem Sofa hervorragte. Ihre Nummer war die einzige gespeicherte im Adressbuch.

Wenn ich trotz Frau – Glatze – Kamm knapp bei Kasse war, vermietete ich die Wohnung an Touristen. Meistens ging alles glatt. Manchmal fand ich danach abgestandenen Sekt, Schimmel oder Aufschnitt im Kühlschrank, einmal Blut an der Wand und ein verschmortes Kondom im randvollen Aschenbecher. Erstaunlicherweise passierte nie etwas Schlimmeres, aber auch nie etwas Schöneres.

Pflichtbewusst rief ich alle paar Monate mit dem schwarzen Monolithen zu Hause an. Die Themen waren dem Dorfleben entsprechend immer dieselben – Logistik, Wetter, ab und zu Katastrophen wie Brände, Unfälle oder ausgefallene Ernte.

Mein eigener Segelflug schien mir gegen die Brutalität dieser Ereignisse banal und verschwenderisch. Nach jeder neuen Tragödie im Dorf nahm ich mir vor, mich zu überwinden und meine Füße wieder einmal in den Bach hinter dem Haus zu halten. Aber solange ich noch halbwegs flüssig war, kaufte sich jedes Ticket, das mich an einen anderen Ort brachte, leichter als das nach Hause. Und ich war, trotz allem, immer halbwegs flüssig.

Im ersten Winter blieb ich in der Stadt, wo ich ziellos umhertrieb und langsam aufquoll wie die Zigarettenstummel in den Pfützen. Unterdessen hatte die Bildagentur Stellen gekürzt. Meine Arbeit wurde jetzt automatisch von einem Programm erledigt, das schneller und präziser war und bei der Arbeit im Gegensatz zu mir wahrscheinlich auch nicht so viel weinte.

In der großen Stadt, wollte ich gerne erzählen, da bin ich jetzt sehr erfolgreich. Ich gewinne den Hauptpreis in allen Kategorien. Jeden Abend gehe ich ins Bett von wem auch immer und habe das Gefühl, den ganzen Tag schreiend mit offenem Mund Achterbahn gefahren zu sein.

Es war zu weiten Teilen gelogen, aber ich schwor, irgendwann würde ich alles nachholen und meinen Entwürfen hinterherleben. Riesenstress, klar. Aber notwendig, glaubte ich. Man musste von außen erkennen, wie weit ich gekommen war, und ich musste es von innen spüren.

Nur einer, der mich damit revolutionierte, sagte mal: »Du musst nichts nachholen. Du fängst jetzt an.«

*

Nach dem Dinner – das leichte Schlingern in meinem Gang führe ich auf das Schiff zurück – durchquere ich das Foyer in Richtung Kabine, als ich jemand Interessantes entdecke. Das heißt: Vor allem entdecke ich ein Jackett, ein funkelndes Spektakel voll großer Pailletten, die den darin steckenden untersetzten Mann ein wenig wie ein schrilles Reptil wirken lassen. Unsere Laufrichtungen kreuzen sich, und ich rufe: »Schönes Jackett!«, einfach nur, weil dieses Teil nach einer Bemerkung verlangt. Mit der überschwänglichen Reaktion habe ich allerdings nicht gerechnet. »Ah! Toll, vielen Dank. Schön, dass du das sagst, ich habe es ganz besonders gern. Den wenigsten fällt es wirklich auf. Ich bin Bob, Bordmusiker hier.« Er schüttelt kräftig meine Hand. »Komm, ich gebe eine kleine Runde aus! Gleich beginnt mein Auftritt, aber ein paar Minuten habe ich noch. Dann erzähle ich dir die Geschichte dieser Jacke.«

Ich folge Bob zur Bar, die zu dieser Uhrzeit in das bernsteinfarbene Licht der untergehenden Sonne getaucht ist. »Wie wird man denn Bordmusiker?«, frage ich. Bob erzählt, schnell, laut und unter ganzem Körpereinsatz.

»Also. Wir fangen am besten von vorne an,

denn dort ist meistens der Anfang, nicht wahr?« Er lacht und nippt die Schaumkrone vom Bier.

»Geboren wurde ich als das jüngste von sechs Kindern. Schon zu meiner eigenen Geburt kam ich zwei Wochen zu spät. Die Ärzte wurden langsam unruhig, doch meine Mutter sagte nur »Der kommt schon noch«. Und sie hatte Recht. Eine gewisse Unpünktlichkeit ist mir bis heute geblieben, was allerdings nie ein Nachteil war. Die wichtigen Sachen können warten, und alles andere wäre die Eile ohnehin nicht wert gewesen, sage ich immer. Meine Familie lebte erst in Ungarn, der Heimat meines Vaters, und siedelte dann während eines verregneten Frühjahrs über nach Kroatien, in die Nähe der Familie von meiner Mutter in die kleine Hafenstadt Šibenik. Durch den großen Altersunterschied zu meinen Geschwistern hatte ich eine Art Einzelkindstatus. Für mich galten schon immer andere Regeln, beziehungsweise: fast keine.

Ich war schon früh musikalisch. Wenn ich meinen älteren Geschwistern die Milchzähne ins Fleisch rammte, kamen die schönsten Töne aus ihnen. Das hat mich begeistert. Zur Ablenkung schenkte meine Mutter mir erst einen Beißring – nein danke – und schließlich eine Melodica. Mit der machte ich aus guter Luft schlechte Musik, bis ich alt genug war für ein richtiges Instrument. Das war ein Klavier meiner kroatischen Tante Edita. Zu meinem 16. Geburtstag wurde es aus ihrem Haus in mein Zimmer transportiert und ab diesem Moment war klar: aus mir wird kein Maschinenbauingenieur mehr.

Aber ein Musiker wurde aus mir erstmal auch nicht. Ich machte stattdessen eine Ausbildung in der Tischlerei meines Vaters. Da konnte ich wenigstens auch heimlich ein paar Fingerübungen auf dem frisch entrindeten Holz machen, und an der großen Säge hörte niemand, wenn ich ein bisschen sang.

Mein Vater war ein etwas grober, aber herzlicher Mann. Eigentlich hätte man schon bei ihm stutzig werden müssen, denn seine Finger waren viel zu feingliedrig und schmal für die handwerkliche Arbeit, die er seit vierzig Jahren verrichtete. Klavierspielerhände, hätte man sagen können. Sagte aber niemand, es war schließlich Sozialismus.

Eine Band gründete ich natürlich auch irgendwann. Am Wochenende traf ich immer zwei meiner besten Freunde, Rado und Ivo. Proben für die Weltkarriere, klar. Ich am alten Schifferklavier im

Proberaum, Rado am Bass, Ivo überall, wo er gebraucht wurde: Gesang, Gitarre, Mundharmonika, Lenkrad. Als einziger mit einem Führerschein brachte er uns zu Auftritten im näheren Umkreis von Šibenik. Weiter als 30 Kilometer schaffte es sein alter Lada nicht mehr. Das war ganz praktisch, denn außerhalb dieses Radius' interessierte sich ohnehin niemand für uns, naja.

Jedenfalls. Eines Tages kam ein Redakteur des Regionalradios bei einem unserer Auftritte vorbei und lud uns zum Talentwettbewerb ein. Waren natürlich sofort Feuer und Flamme. Ivo peitschte den alten Lada zum Wettbewerb, wir kamen ein wenig zu spät, belegten den vorletzten Platz und waren zum Glück schon so betrunken, dass das alles nicht so schlimm war. Wir spielten weiter, jetzt mit dem lässigen Ruf, zwar nicht besonders gut, aber trinkfest zu sein. Das war viel wert in Šibenik und Umgebung. Zunächst traten wir als »Rado, Ivo und Bob« auf, schließlich kürzten wir das ein zu »Radio Bob«.«

»Klingt doch vielversprechend und international«, sage ich.

»Das schon. Aber wirklich erfolgreich waren wir natürlich nicht. War aber okay. Gab immer Freigetränke und irgendwann sogar ein bisschen

Geld. Von dem haben wir noch mehr Getränke gekauft, und manchmal hatte auch wer Zigaretten«, sagt Bob und fährt unverdrossen fort.

»Dass es doch noch zu meiner Musikerkarriere kam, hab ich einmal mehr meiner Unpünktlichkeit zu verdanken. Die Jungs waren am Hafen verabredet, um mit Straßenmusik Geld zu verdienen. Bei solchen Gelegenheiten holte ich wieder die Melodica hervor. Als ich nur ein knappes Stündchen zu spät an der verabredeten Stelle ankam, war von Rado und Ivo keine Spur, nichts zu sehen, nichts zu hören. Stattdessen aber lag eines dieser neuen Touristenschiffe vor Anker, das Tagesausflügler zu den vielen vorgelagerten Inseln der kroatischen Küste schippert. Abends wurden auch Einheimische mit bunten Lichtern und Musik an Bord gelockt. Ein Schild direkt neben dem Steg ließ verlauten »Heute Tanz und Spezialitäten. 19 Uhr. Eintritt frei.« Und darunter, klein: »Gesucht: Klavierspieler auf Honorarbasis. Getränke frei«. Ich klemmte mir also die Melodica unter den Arm, fuhr mir nochmal mit der Hand durchs Haar und ging an Bord. Da blieb ich für diesen Abend auch. So begann mein erstes Engagement als Bordmusiker und das Ende von Radio Bob. Als kurz darauf mein Vater starb, wusste ich mit einem Mal ganz eindeutig, dass ich nicht die Tischlerei als Erbe übernehmen würde, sondern die Klavierspielerhände.«

»Und seitdem spielst du auf Schiffen wie der Mozart?«, frage ich.

»So ist es«, sagt Bob. »Hab den Hummelflug gemacht, und seitdem sitze ich hier.« Mit den Fingern trommelt er auf unsichtbare Tasten am Tresen. Um uns herum wird es langsam lauter, bald ist es für Bob Zeit, auf die Bühne zu gehen.

»Und was ist jetzt die Geschichte der Glitzer-Jacke?«, frage ich.

»Ach, die.« Bob winkt ab. »Milan und ich hatten mal eine wilde Nacht in Bratislava. Wir haben gewettet, dass er es nicht schafft, den Türsteher zu bequatschen, die gesamte Crew in den Club zu lassen.«

»Und?«

»Der Türsteher ist Janko und arbeitet seitdem bei uns. Die Jacke hatte an dem Tag ein Gast an Bord vergessen, und ich musste sie zur Strafe die ganze Nacht tragen. Mittlerweile mag ich sie aber richtig gern.«

Ich nicke, auch, weil ich mir Milan sehr gut vorstellen kann in Bobs Geschichte.

»Komm, ich zeig dir was.« Bob rutscht von

seinem Hocker und zieht mich hinter sich her in einen kleinen Raum neben der Bar, eine Mischung aus Künstlergarderobe, Abstellkammer und Kuriositätenkabinett. An der Tür hängen verschiedene Sakkos und Hüte, aus einer Ecke ragt ein Büschel bunt gefärbter, aber stark verstaubter Straußenfedern. Bob wühlt in einer knarrenden Korbtruhe, im schummrigen Licht erkenne ich weitere paillettenbesetzte Stoffteile und spitze Stiefel, vielleicht liegt auch einfach Elton John darin. »Hier«, sagt Bob und taucht mit rotem Kopf wieder auf. »Das Luftklavier«. Er reicht mir eine reichlich angegilbte Melodica. Die Plastiktasten sind so lose, dass sie bei jeder Bewegung leicht klappern. »Wow«, sage ich und denke mit Blick auf das vermutlich 50 Jahre alte Mundstück etwas anderes.

»Komm, spiel heute Abend mit mir«, sagt Bob. »Nur ein Song. Ein Duett. Kennst du den Kommissar von Falco?« – »Ja, aber das ist doch kein Duett«, sage ich. »Macht nichts. Wir machen eins draus. Geht ganz leicht. Das Melodica-Solo wird dich umhauen.« – »Das ist nett, aber ich kann wirklich nicht singen und …« Die angelehnte Tür geht auf, Ivanka steckt ihren Kopf herein. »Bob! Du musst anfangen. Die Leute warten schon.

Jana, treten Sie auch mit auf?« Ich schüttle energisch den Kopf.

Der Scheinwerfer blendet meine Augen. So sehe ich wenigstens die hundert neugierigen Gesichter nicht, die mich anblicken. Ich stehe neben Bob auf seinem kleinen Podest, der geschäftig an seinem Keyboard Knöpfe drückt. Plötzlich beginnt sich in meinem Augenwinkel eine Discokugel zu drehen und ein leierndes Playback setzt ein. Kurz überlege ich, ob ich meinen Organspendeausweis dabeihabe, um den Notärzten nachher die Arbeit zu erleichtern. Dass ich jetzt sterbe, ist leider nicht mehr abzuwenden. Mein Körper verflüssigt sich vom Kopf abwärts, meine Zunge liegt wie Blitzbeton im Mund und lässt sich nicht bewegen. Bob hat ein Standmikrofon vor mir aufgebaut, aber ein bisschen zu niedrig eingestellt, so dass ich leicht vornübergebeugt immer an den Stellen ein paar Takte mitsumme, die mir bekannt vorkommen. Schau, schau, der Kommissar geht um. Und du weißt warum. Bob übertönt mich ohnehin, er schmettert, so kommt es mir vor, ein bisschen lauter und leidenschaftlicher als nötig. Das Melodica-Solo: in der Tat beeindruckend. Als ich mich umdrehe, sehe ich Bob mit in den Nacken gelegtem Kopf im bunten Gegenlicht, die

Melodica gen Decke gereckt wie einen riesigen Alkoholtest.

Eine halbe Ewigkeit später ist das Lied zu Ende und meine Seele kehrt doch wieder in meinen Körper zurück. Der große Applaus – jemand pfeift sogar auf den Fingern – ist dann doch ganz schön. Als ich das Podest verlasse, sehe ich ganz hinten, halb verdeckt von einem Palmwedel: Milan.

*

Nach meiner Performance mit Bob muss ich mich erstmal setzen. Ich suche mir einen Platz an der Bar, der so weit wie möglich vom restlichen Geschehen im Salon entfernt ist. Bob ist zu einer Salsa-Version von »Wind of Change« übergegangen, die gedämpft bis zu mir dringt. Erst als sich Milan neben mich setzt, schrecke ich aus meiner Trance auf.

»Guter Auftritt«, sagt Milan.

»Danke«, sage ich.

»Bob hat sonst nie Gäste auf der Bühne. Du bist jetzt unser Stargast.«

Ich lächele gequält. Das ist alles, was ich niemals wollte.

Mein Körper klebt an der Bar, die Beine so fest überschlagen, als würde ich zwischen meinen Oberschenkeln Briefpapier pressen wollen. Milans Züge wirken entspannt. Er scheint nicht zu merken, unter welcher Anspannung ich stehe. »Noch einen Wein?«, fragt er mit Blick auf mein beinahe leeres Glas. Vielleicht merkt er es doch. »Wetter wird gut morgen«, fährt er fort, »Erst bisschen Nebel, dann aber schön sonnig«. Sein Akzent klingt wie eine Karambolage aus Deutsch und einem Küchengerät. Jedes Wort bekommt noch einen kleinen, kraftvollen Zungenschlag mit auf den Weg nach draußen. Meine Ohren fallen zu, als würde ich durch einen Tunnel fahren. Ich nicke, dabei habe ich gar nicht gehört, was er gesagt hat.

Mein Vater, Milan Blažek, Kapitän der MS Mozart, redet weiter, ich vermag nicht zu sagen, worüber. Wetter, Stimmung, Situation an Bord, Ausfälle in der Crew, keine Ahnung. Rhythmisch wackle ich mit dem Kopf und hoffe, dass es zum Thema passt. In Wirklichkeit beobachte ich ihn. Wie sich sein Mund bewegt, wohin seine Hände beim Sprechen wandern, wie sich die Falten um seine Augen beim Lachen bewegen. Ich vergleiche seine Vorderzähne mit meinen. Es sind die gleichen. Ich muss wirken, als stünde ich fasziniert vor einem weltberühmten Kunstwerk oder wäre Tierfilmerin im Dschungel, ein seltenes Schauspiel beobachtend.

Hier kommt alles her. Ich, gesehen durch ihn, ergebe plötzlich Sinn. Ein seit Jahrzehnten angespannter Muskel in mir lässt endlich los. Ich habe allen Grund zur Annahme, dass es mich wirklich gibt.

»Wo halten wir als nächstes?«, frage ich irgendwann, weil es die erstbeste Frage ist, die mir einfällt.

»Habe ich doch gerade gesagt. Wir sind morgen in Engelhartszell, ein hübsches kleines Dorf mit historischem Marktplatz, Trappistenstift und einem der besten Weinlokale der ganzen Strecke«, sagt Milan.

»Interessant«, sage ich, »Besonders das Weinlokal klingt nach einer kulturellen Institution.«

»In der Tat. Ich kaufe immer Vorräte, die reichen aber höchstens bis Wien.« Milan lacht, mein Gesicht versucht es auch.

Dann wird Milan von zwei Damen umringt, die Fragen haben zum morgigen Landgang, das Trappistenstift empfiehlt Milan auch ihnen, das Weinlokal nicht. Alles Weitere, sagt er, könne Jo ihnen viel besser erklären, er selbst sei morgen schließlich nur für das Einparken zuständig. Die Damen kichern. Er hat gute Laune, aber in meine Richtung schaut er in Anwesenheit der anderen Gäste nicht mehr.

Höflich verabschiede ich mich in meine Kabine. Luft hole ich erst wieder, als die Tür ins Schloss gefallen ist und ich mit der Stirn am Fenster lehne. Draußen trägt jemand mit zittrigen Händen den Fluss vorbei.

*

Wer wie ich ohne Vater aufwächst, muss erst durch Beobachtung lernen, was das eigentlich ist, so ein Vater. Als Kind studierte ich neugierig, aber mit sicherem Abstand, die Väter in den Familien meiner Freundinnen. Insgeheim fand ich sie interessant, aber auch ein wenig unheimlich. So verließ ich regelmäßig unauffällig durch Gartentüren und Hintereingänge das Haus, sobald sich ein Vater ankündigte – eigentlich wollte ich ja sowieso gerade gehen. Die einen waren, soweit ich das aus der Distanz beurteilen konnte, lustige, weniger strenge Versionen der Mütter oder aber schweigsame Hinkelsteine, die große Lasten auf den Schultern zu tragen schienen (ich las viele Asterix-Comics damals).

Zu den Kernaufgaben eines Vaters gehörte entsprechend meinen Beobachtungen als Achtjährige: das Tragen von Gürteln mit eckiger Silberschnalle, Interesse an Zeitungsartikeln mit viel Text und ohne Bilder, die Stirn in Falten legen, schweigend Auto fahren. Individuelle, besondere Talente konnten sein: auf zwei Fingernpfeifen, Achselfürze, Nase stehlen und Feuer machen. Auch ging Vater zu sein in vielen Fällen mit Haarausfall einher, vermutlich eine Art Nebenwirkung.

Vieles davon fand ich prinzipiell spannend, andererseits konnte meine Mutter das meiste davon auch. Haarausfall hatte sie auch keinen. Und doch hatte ich das Gefühl, dass das Vorhandensein eines Vaters in Familien irgendeinen Unterschied machte; dass diejenigen meiner Freundinnen, die mit einem Vater lebten, nicht dieses grundlegende Misstrauen gegenüber der Welt in sich trugen. Ein emotionales Privileg, auf das ich manchmal neidisch war. Meine Familie, also meine Mutter und ich, schien mir deshalb nicht zwangsläufig unvollständig, aber ich bemerkte an den Reaktionen der Umwelt, dass wir so wahrgenommen wurden. Etwas (jemand?) fehlte, und meine Mutter stellte sich mit aller Breitbeinigkeit in diese Lücke, so gut es ging.

Meine Mutter war durchaus auch ein guter Vater. Sie erfüllte männlich wie weiblich konnotierte Aufgaben mit derselben Kompetenz. Reifenwechseln, Milchreis kochen, Haare flechten, Kopfrechnen, alles war möglich. Sie bekam regelmäßig wichtige Post, trug schwere Sachen oder mich, trank Bier aus Bügelflaschen und Wein aus großen runden Gläsern, sie war alles in meiner Welt, und alles darin kam von ihr. Nur im Streit, so fand ich, wäre es gut gewesen, auf einen anderen Erwachsenen ausweichen zu können. Von mir aus hätte mir dazu auch einer dieser Väter getaugt.

Ansonsten schien es mir eigentlich unnötig, einen Vater zu haben. Was sollte er schon können, was meine Mutter nicht längst jeden Tag tat? Mich störte am meisten das diffuse Gefühl, anders zu sein als die anderen, obwohl ich mich nicht anders fühlte. Es stand immer der Vorschlag im Raum, dass mir etwas fehlen müsste, das ich aber nicht vermissen konnte, weil ich es einfach nicht kannte.

Nach dem Verbleib meines Vaters fragte ich nie, zumindest kann ich mich nicht daran erinnern. Dass die meisten Leute in meinem Umfeld ihren Vater jeden Tag sahen, fiel mir nicht einmal auf. Ich hatte kein Gesicht, keinen Geruch, keine stoppelige Wange zu vermissen. Ältere besorgte Damen, die mich fragten, ob ich denn nicht traurig sei so ohne Papa, konnte ich nur ein einstudiertes trauriges Nicken anbieten. Meistens bekam ich dann ein Bonbon. Die Kinder mit Vätern bekamen keine Bonbons.

Das völlige Unverständnis darüber, welche Funktion ein Mann im Leben erfüllen sollte, würde natürlich in meinem späteren Leben eine Rolle spielen, aber das ahnte ich zu diesem Zeitpunkt noch nicht. Männer, was machen die eigentlich den ganzen Tag? Emanzipation war im Dorf eine esoterische Freizeitbeschäftigung. Eine, der man sich als Frau nur dann zuwandte, wenn man im klassischen Modell versagt oder sich bewusst dagegen verweigert hatte, also selber Schuld war. Selber Schuld, wenn sie sich scheiden lässt, selber Schuld, wenn sie keinen abbekommt, selber Schuld, wenn sie sich so einen Idioten anlacht.

Ich wurde durch die entwaffnende Selbstsicherheit meiner Mutter im positiven Sinne blind für Geschlechtererwartungen. In meinem nächsten Umfeld gab es die klassisch kleinbürgerliche Frau-Mann-Verteilung hautnah an den Großeltern zu beobachten. Die einzige Möglichkeit der emanzipatorischen Rebellion meiner Großmutter bestand darin, zeitlebens ungern zu kochen. Außerdem entwickelte sie mit zunehmendem Alter – aus reinem Trotz, mutmaßten wir – eine starke Sehschwäche und zwang so ihren Ehemann in eine späte Fürsorglichkeit.

Als Erwachsene musste ich mir widerwillig eingestehen, dass ich mit meiner vermeintlichen Neutralität eine Ausnahme gewesen war. Und keineswegs verschont worden bin von den Auswirkungen eines Konstrukts, das für Frauen weitaus weniger Kompetenzen vorsah, als meine Mutter es mir vorgelebt hatte.

*

Für die Route Passau–Wien–Passau waren auf der MS Mozart in dieser Saison nur noch wenige Kabinen frei. Eine davon buchte ich in einer kühlen Märznacht mithilfe einer halben Flasche Merlot und unter Vorwand geliehenem Geld (Studium, Fahrradreparatur, zahnärztliche Zusatzbehandlungen) meiner Großeltern. Danach musste ich mich fast vier Monate lang von dem ablenken, was ich da vorhatte, sonst hätte ich vermutlich sofort wieder abgesagt.

Ich harrte wochenlang der Dinge, bewegungslos und ohne zu Blinzeln, mit anflutenden und wieder abebbenden Wellen von Panik, die sich wie ein sanfter Stromschlag in meinem Körper ausbreiteten. Die ausgedruckte Buchungsbestätigung für die Reise verstaubte langsam auf dem Küchentisch zwischen benutzten Gläsern und unbedeutenderer Post.

In meinem Kopf spielte ich immer und immer wieder dasselbe Szenario durch: Ich gehe an Bord, sage an der Rezeption selbstbewusst und mit klarer Stimme: »Hallo, Jana Bühler mein Name. Wo kann ich meinen Koffer abstellen?« und mache mich dann auf die Suche nach Milan, dem Kapitän. Meinem Vater, dem Mann, der sich seit meiner Geburt anscheinend an vielen Orten dieser

Welt aufgehalten hat, nur nicht bei mir. Ich beobachte ihn dann ein wenig aus der Distanz, stelle mich unter einem Vorwand vor und versuche während der Reise, diesen Menschen kennenzulernen. Wie er so ist, was er so macht, was er mag und was nicht. Details eines Menschenlebens. Ich bin ganz gut in so was, Menschen vertrauen sich mir meist schnell an. Soweit der Plan. Wenn es sich richtig anfühlt und sich ein guter Moment ergibt, so stellte ich mir das vor, würde ich Milan auf seine Familie ansprechen und ihn durch Hinweise darauf lenken, dass da seine Tochter vor ihm steht. Weiter als bis zu diesem Punkt dachte ich vorsichtshalber nicht.

Die fast größte Herausforderung ist, zu verhindern, dass unsere äußere Ähnlichkeit mich verrät. Zumindest rede ich mir das ein, um mich abzulenken. Wenn ihn schon meine Freundin auf einem verpixelten Foto erkennt, muss ich besser vorsorgen.

Vier Wochen vor der Reise gehe ich zum Friseur und lasse mir meine aschblonden, mittellangen Haare schneiden und färben. Kurz und dunkel sollen sie sein, ich zeige ein Foto von Natalie Portman kurz nach dem Dreh für »V wie Vendetta«, so, wie man beim Friseur immer Fotos zeigt und hofft, man würde nicht nur mit genau dieser Frisur wieder hinausgehen, sondern auch mit dem anderen Gesicht. Ich frage stockend, ob man diesen Haarschnitt an mir so aussehen lassen könne, als hätte ich gerade keine Krise. Die Friseurin lacht. Ich glaube, das soll Nein heißen. Als ich den Laden verlasse und die kühle Luft an meiner Kopfhaut spüre, bin ich für einen Moment stark und frei und bereit. In den Schaufenstern, an denen ich auf dem Heimweg vorbeigehe, spiegelt sich eine Frau, die ich noch nie gesehen habe. Aber sie sieht aus wie eine, die ich gern kennenlernen möchte.

*

»Und was machst du, wenn er ein richtiges Arschloch ist?«, fragt Kante einen Tag vor der Abfahrt. Kante heißt eigentlich Max, spielt aber seit Kurzem in einer Punkband und ist bei der Suche nach einem Namen nicht über den Küchentisch hinausgekommen.

Schwierig. Schlechter Zeitpunkt für diese Frage, außerdem. Ich wünsche mir natürlich insgeheim, dass mein Vater kein Arschloch ist. Sondern super. Super im Sinne von: klug, charismatisch, belesen, lustig, eloquent, herzlich, warm, reflektiert, interessant, interessiert.

Auch, wenn ich die meiste Zeit nicht darüber nachgedacht habe, so etwas wie einen Ideal-Vater gibt es in meinem Kopf dann eben doch. Er ist langsam gewachsen über die Jahre, ohne dass es mir je aufgefallen wäre. Eine Figur, die ein Mosaik ist aus allen Vaterfiguren aller Filme, die ich jemals gesehen habe, alle Väter, die ich kenne oder auf der Straße beobachtete, und von allen Popsongs, Romanen und Märchen, in denen es um Väter geht. Und wahrscheinlich nicht nur Väter, sondern insgesamt einfach alle Männer. Mein Vater ist alle guten Männer. Zumindest in meiner Vorstellung.

Ihn jetzt zu treffen bedeutet, ihn mit der Realität abzugleichen. Dass ich diesen Wunsch in mir trage, den Wunsch nach Gewissheit über meine Herkunft, fühlt sich schwer und bedeutsam an und zugleich ganz intuitiv und normal. In etwa so, wie wenn man nach 20 Jahren zum ersten Mal wieder etwas isst, was man als Kind sehr gerne mochte – gleichzeitig fremd und vertraut. Nur dass in Geschmäckern Erinnerungen, Momente oder ganze Dekaden festgehalten sind. Auf meinen Vater bezogen gleicht das Ganze allerdings eher dem Versuch, ein altes Familienrezept nachzukochen, ohne es je gegessen zu haben.

Das nicht von der Hand zu weisende Risiko, dass er doch nur ein normaler Mensch oder vielleicht sogar ein Arschloch sein könnte, ist für mich bis zu diesem Moment, als Kante danach fragt, weit entfernt. Wenn man sich einen Vater vorstellt, den man noch nicht kennt, überlegt man sich nicht, ob er mit offenem Mund kaut, doof zu Frauen ist oder die BILD-Zeitung liest. Man überlegt sich, wie man wohl zusammen wäre und was man von sich erzählen will, wo man gut zueinander passt, wie man nebeneinander auf der Straße aussieht. Ob die Leute einen als Vater und Tochter erkennen. Ob man darin den Vater erkennt, den man gebraucht hätte.

In meiner Wunschvorstellung verstehen wir uns blind, verbringen die gemeinsame Zeit mit Reisen, guten Gesprächen und erleichtertem Seufzen darüber, dass wir uns endlich, endlich gefunden haben. Und vielleicht bin ja auch ich das Arschloch und nicht mein Vater, wer weiß.

So oder so: Ich muss das für mich tun, um es nicht zu bereuen. Sage ich mir. Ich weiß nicht, ob es stimmt. Aber seit der Gedanke einmal da ist, geht er nicht mehr weg. Zu einem großen Teil finde ich das sehr lästig. Ich könnte ein ruhiges Leben führen und einen weiteren entspannten Sommer erleben und danach noch viele mehr. Stattdessen will ich, muss ich mich auf diesen Trip begeben. Einen, von dem ich entweder mit einem Vater zurückkehre oder mit der größten Enttäuschung meines Lebens. Eine Nummer kleiner hätte es für meinen Geschmack auch getan. Andere Leute fahren im Sommerurlaub nach Lanzarote und lachen die Brandung an. Und schicken dann Fotos in den Familienchat, wo ihr Vater mit »Daumen hoch« antwortet. Ich wäre gerne andere Leute.

Und: Mein Vater hat riesiges Glück mit mir. Er muss keinen Finger krumm machen und keine Sekunde emotionale Arbeit leisten, um seine

Tochter zu treffen. Das einzige Problem könnte sein, dass er das auch gar nicht will. Was ihn dann aber immer noch nicht zum Arschloch machen würde. Wäre nur ehrlich. Ich weiß selbst noch nicht, wie sehr mir ein Vater ins Leben passt. Es ist nicht so, als hätte ich die ganze Zeit Platz für ihn gelassen.

Aber zurück zu Kantes Frage. Was also, wenn er ein Arschloch ist? Wenn er ein Arschloch ist, gehe ich nach einer Woche von Bord, lösche das Gruppenfoto von seiner Homepage vom Handy und lebe ohne ihn weiter wie zuvor. Total unkompliziert.

»Es könnte natürlich passieren, dass er ein Arschloch ist«, sage ich also nach einer Weile zu Kante. »Keine Ahnung, was ich dann mache.« Ich glaube aber, und das sage ich nicht laut, Kante ist hier das wirkliche Arschloch. Wer stellt denn so eine Frage.

Schlimmer wäre es eigentlich, wenn er richtig cool ist. Wenn klar wird: Scheiße, wär das schön gewesen. Hätte gut werden können, wahrscheinlich. Zumindest auf den ersten Blick. Das täte dann so richtig weh, stellvertretend und rückwirkend für all die Jahre. Wie wenn man einen Dominostein umwirft, und dann plötzlich alles zusammenbricht, selbst an Orten, an denen man nie Dominosteine aufgestellt hat. Eine Kettenreaktion, bei der ich gleichzeitig Ursache und Wirkung bin. Ich müsste mich danach zusammenfegen und hoffen, dass mich jemand wieder zusammenbastelt.

»Eigentlich«, sage ich also nach einer Weile zu Kante, »Eigentlich wäre es am allerbesten, wenn er ein Arschloch ist«.

Am Abend vor der Abfahrt zur Schiffsanlegestelle in Passau rasiere ich mir den Nacken nach. Sehr vorsichtig, nicht, dass ich mir aus Versehen noch die Halsschlagader aufschneide.

Kante kommt nochmal vorbei, umarmt mich fest und sagt: »Ich hoffe, er ist ein Arschloch. Oder keins. Was für dich eben am besten ist. Und: Viel Spaß. Viel Glück.« Ich bin überrascht von seiner Geste. Und dass ich tatsächlich auch Spaß haben könnte, war das letzte, woran ich bei dieser Reise gedacht habe.

*

Es gibt Menschen, die werfen eine Unterhose, eine Zahnbürste und ihren Lieblingspullover in eine Sporttasche und ziehen los. Sechs Wochen durch Südamerika, der Rest findet sich schon auf dem Weg. Ich war nie so.

Als ich mir meine Unmengen an Gepäck ansehe, denke ich: Es wäre einfacher, den Zielort ab- und um meine Wohnung herum wiederaufzubauen, statt das ganze Zeug mitzunehmen. Wie ein Kind, dass nicht ohne all seine Stofftiere verreisen kann, werfe ich alles in den Koffer, womit ich mich sicher fühle: dreihundert Outfits, eine Rundbürste und unendlich viele Unterhosen, falls ich mich vor Angst täglich einscheiße.

Es kann und wird mit Sicherheit alles Mögliche passieren. Und, viel schlimmer noch: Es werden auch Dinge passieren, von denen ich noch nicht weiß, dass sie möglich sind. Ich brauche also Ausstattung für jede denkbare und undenkbare Situation. Ich werde so gut vorbereitet sein, wie ein Mensch nur vorbereitet sein kann. Ich werde als Tochter eines Vaters von diesem Schiff gehen. Ich werde etwas gewonnen haben. Mindestens die Erfahrung, höchstens einen Teil von mir selbst. Schließlich hieß es ja bei der Reisebuchung: All inclusive.

Natürlich habe ich Fragen vorbereitet. Und natürlich werden sie bei dieser ersten Begegnung nicht beantwortet werden. Vielleicht auch nie. Aber das ist egal. Der Zweck einer Frage besteht darin, erstmal gestellt zu werden.

Wie geht's?
Worüber lachst du?
Schon mal wegen mir geweint?
Was hättest du mir gerne beigebracht?
Was ist ein guter Vater?
Was ist ein gutes Kind?
Magst du andere Kinder?
Hast du Angst vor mir?
Hast du Angst vor deiner Vergangenheit?
Was isst du, wenn du richtig lange nichts gegessen hast?
Wo fühlst du dich zu Hause?
Welchen Namen hättest du mir gegeben?
Was war dein erster Gedanke, als du erfahren hast, dass du Vater wirst?
Ab wie viel Bier tut es weniger weh?
Kannst du auf zwei Fingern pfeifen?
Welcher Song soll auf deiner Beerdigung laufen?
Womit hast du dich betäubt?
Dein Tipp gegen Haarausfall?

Was ist deine wichtigste Eigenschaft?
Und was deine schlechteste?
Was sagt deine Mutter eigentlich dazu?
Wonach suchst du?
Dein hässlichstes Sakko?
Findest du dich cool?
Was kommt jetzt noch?
Vermisst du was?
Dein Leben bisher?
Was würdest du meiner Mutter gerne sagen?
Was ist dein bester Trick?

TAG 2

Als ich am nächsten Morgen die Augen aufmache, hat sich das Röhren des Motors zusammen mit den Schmerzen in meinem Kopf zu einem dumpfen Tosen verbunden. Benommen taste ich mich in den Frühstücksraum, nur noch an vier Tischen sitzen jeweils zwei Gäste. Es ist kurz vor zehn, das Wetter ist gut – sehr sonnig, wolkenlos. Mir bleibt nichts anderes übrig, als eine beige kurze Hose und ein beigefarbenes Kurzarmhemd anzuziehen, für alles andere ist es zu warm. Meine Sonnenbrille baumelt an einer dünnen Kordel um den Hals. Vielleicht bewerbe ich mich in diesem Aufzug als nächstes im Wildpark.

Der heutige Programmpunkt: ein Besuch im Trappistenstift Engelhartszell. Ich weiß nicht, was Trappisten sind, aber es klingt, als hätten sie interessante Hüte auf, von denen lange Schnüre mit Holzperlen baumeln und Schuhe mit Glöckchen.

Orangensaft vom Büffet, Kopfschmerztablette aus der Hosentasche. Nicht unbedingt die beste Grundlage, um gleich mit fünf Dutzend anderen Schiffsgästen von Jo durch eine, ja, was eigentlich – Klosteranlage? geführt zu werden. Die Ausflüge sind freiwillig. Natürlich könnte ich auch einfach an Bord bleiben und die nächste Gelegenheit abpassen, um noch einmal mit Milan ins Gespräch zu kommen. Aber als ich mich zum Ausgang schleppe, sehe ich dort Milan mit einer kleinen dunkelroten Handtasche und einer metallic-blauen Sonnenbrille vom Schiff gehen. Er verabschiedet sich winkend von der Rezeptionistin und verschwindet in Richtung Altstadt, eilig wie ein Handelsreisender.

Die Reisegruppe wartet geduldig vor dem Schiff in der aufsteigenden Hitze des Tages. Auf Jos Zeichen hin geht es los. Es ist wie früher in der Schule: Sofort bilden sich Grüppchen. Zu zweit oder zu viert wird in Reihen gegangen und auch auf dem schmalsten Pfad nicht aus dieser Formation gewichen. An der Spitze gehen die Streber, ganz hinten die träge Nachhut aus Kiffern und Einzelgängern. Wie früher überkommt mich die alte Partnerpanik: Was, wenn niemand mit mir gehen will? Ich gehe lieber sofort allein nach hinten, obwohl ich mich anstrengen muss, das langsame Tempo zu halten. Wahrscheinlich habe ich auch als Einzige hier noch nie gekifft. Abgesehen von solchen Details hat es nicht nur Nachteile, mit Senioren zu reisen. Man fühlt sich sofort sehr, sehr jung. Andererseits: Man entdeckt das Konzept Zukunftsangst nochmal neu.

Einige Meter weiter vorn sehe ich Karen und ihren Mann stumm nebeneinanderhergehen. Er berührt sie zaghaft an der Schulter, sie wedelt geistesabwesend mit der Hand, als ob sie ein Insekt verscheuchen wollte. Dann später doch lieber allein Enten füttern am Teich.

Ich klinke mich zwischen Eddie und Helen ein, einem kanadischen Paar Ende 50 aus Ontario, die es sichtlich genießen, hier zum jugendlichen Teil der Gäste zu gehören. Sie kommen seit drei Jahren immer im Sommer aufs Schiff. Beim ersten Mal war es ein schöner Urlaub, beim zweiten Mal verlor Eddie bei einer Fahrradtour seine Vorderzähne in einer Baugrube, und in diesem Jahr ist es eine Art Pilgerfahrt zur mittlerweile vermutlich zugeteerten Hauptstraße im 4. Bezirk in Wien, wo die Zähne liegen.

»Wie ist der Unfall denn passiert?«, frage ich. Eddie lacht breit. Sein Zahnersatz aus Keramik ist wirklich gut gelungen. »Also. Es war ungefähr so ein Tag wie heute, sehr sonnig und sehr warm. Wir hatten gerade in Wien angelegt und den Tag zur freien Verfügung. Helen und ich beschlossen, Räder zu leihen, die restliche Gruppe war uns etwas zu langsam.« Beim letzten Satz senkt er die Stimme und blickt nach links und rechts, ob ihn jemand der anderen verstanden hat. Hat niemand.

»Jedenfalls. Wir fuhren vom Handelskai Richtung Karlsplatz, die Sicht war gut, ebenes Gelände, ich hatte richtig Spaß.«

»Er fuhr wahnsinnig schnell. Zu Hause steht sein Rad seit Jahren in der Garage. Er hielt sich plötzlich für Lance Armstrong, ich konnte es nicht fassen«, sagt Helen.

»Ich fuhr wirklich schnell«, sagt Eddie stolz. »Also ich bretterte die Straße entlang, Helen längst irgendwo abgehängt, als die Straße plötzlich erst staubig, dann steinig und uneben wurde. Dann kam ein Bauzaun. An dem raste ich vorbei. Ich dachte nur ›Diese übervorsichtigen Europäer mit ihren Zäunen überall‹. Das Nächste, woran ich mich erinnere, ist das Gefühl, mit dem Rad in Moor einzutauchen.«

»Die Baugrube, in die Eddie fuhr, war frisch

zugeschüttet mit noch flüssigem Beton«, sagt Helen. »Man konnte sie farblich fast nicht von der Straße unterscheiden.«

»Das Vorderrad versank sofort im Beton, allerdings hatte ich so eine hohe Geschwindigkeit, dass ich vorn über den Lenker kippte. Gebremst habe ich auf der anderen Seite des Lochs. Mit den Zähnen«, sagt Eddie und lacht wieder. Ich hingegen verziehe beim Gedanken an die Schmerzen das Gesicht. Aber Eddie redet schon weiter.

»Die Zähne sind jetzt immer noch dort. Wir wollen uns die Stelle ansehen. Das klang für uns wie ein guter Anlass, nochmal herzukommen.«

»Ich hoffe, Eddie wird dadurch ein wenig vernünftiger«, sagt Helen.

»Ich hoffe, ich finde die Zähne wieder. So als Andenken«, sagt Eddie.

Trappisten sind übrigens einfach Mönche, und das mit den Hüten, Holzperlen und Glöckchen stimmt nicht.

*

Zurück an Bord bekomme ich unruhige Füße und beschließe, laufen zu gehen. Zu Hause sehe ich manchmal Leute im Sommer im Park, die mittags bei brütender Hitze laufen gehen, mit dunkelrotem Kopf und dicken Adern auf der Stirn. Schwerfällig und leidend schieben sie sich durch die stehende Luft und hoffen zumindest ein kleines bisschen darauf, dass sie gleich tot umfallen und nicht zurück müssen ins Büro. Das ist zumindest meine Theorie. So ein Wetter ist heute auch. Schlaganfallwetter. Wenn ich beim Laufen tot umfalle, muss ich mich wenigstens nicht mehr mit der Seltsamkeit meines Vorhabens auseinandersetzen.

Schon das Zubinden der Turnschuhe strengt mich an, beim Aufstehen spüre ich den Schweiß in den Kniekehlen. Den Zimmerschlüssel habe ich kunstfertig in die Schnürsenkel hineingeknotet. Nicht, dass ich je gern gelaufen wäre, aber die Umstände erfordern radikale Maßnahmen. Ich verlasse die MS Mozart durch das menschenleere Foyer, nicht einmal Ivanka treffe ich an ihrem Platz an. Niemand weiß, dass ich von Bord gehe, aber wir legen erst um 16 Uhr ab. Bis dahin sollte ich mich von meinem voraussichtlichen Schlaganfall erholt haben und zurück am Schiff sein.

Die Uferpromenade ist belebt und voller Radfahrer, Touristen und österreichischem Ruhestand. Bevor ich loslaufen kann, muss ich erstmal eine geeignete Route finden. Am besten wäre, den Fluss erst auf der einen Seite hinab- und dann auf der anderen wieder hinaufzulaufen, aber ich bin nicht sicher, ob rechtzeitig eine Brücke kommt. Andererseits: Warum sollte da keine Brücke kommen. Menschen sind entscheidungsschwach, sie wollen alle paar Meter erst das eine und dann das andere – warum nicht auch die Flussseite wechseln. Man wird architektonisch vorgesorgt und ausreichend Brücken gebaut haben.

Also los. Nachdem ich mich in meinen glatten Laufklamotten durch die Menschenmenge geaalt habe, ist der Uferweg in Sicht. Schnurgerade liegt er da, ordentlich geteert und ausgeschildert, kein Schatten. Die Donau fließt majestätisch langsam zu meiner Linken, die Sonne steht fast noch im Zenit.

Die ersten paar Minuten des Laufens fühle ich mich unerwartet leicht und federnd. Danach beginnt ein unangenehmer Kampf gegen die Hitze mit brennender Lunge und immer schwerer werdenden Beinen. Beim Laufen wird mir wieder bewusst, wie lästig ich es finde, einen menschlichen

Körper zu haben. Als Geißeltierchen wäre mir das alles nicht passiert.

Ich laufe weiter, irgendwie, Hauptsache, ich denke nicht so viel nach. Oder wenigstens nicht so viel über Milan und mich.

Natürlich kommt keine Brücke. Ich habe weder Handy noch Uhr bei mir und kann nur schätzen, dass ich jetzt mindestens vierzig Minuten unterwegs bin, vielleicht länger. Wenn ich es noch rechtzeitig zum Schiff zurückschaffen will, muss ich jetzt umkehren oder den Donaukanal durchschwimmen.

Irgendwann höre ich auf zu laufen und gehe über in einen schleppenden Gang. Sehr weit weg erkenne ich etwas, das nach einer Brücke aussieht, aber es könnten noch gut drei Kilometer sein bis dort. Selbst mit viel Kondition wäre es ein hirnrissiger Plan, so weit zu laufen und die gesamte Strecke auf der anderen Uferseite noch einmal zu absolvieren. Ich gebe es ungern vor mir selbst zu, aber: Ich habe mich verzettelt.

Getrieben von dem letzten Rest Vernunft verlasse ich den Uferweg und stoße knapp dahinter auf eine verlassene, mit Birken gesäumte Landstraße. Ab und an fährt ein Auto, ein kleiner Lastwagen oder ein Traktor vorbei. Idyllisch, eigentlich. Dass ich jetzt zurück zum Schiff trampen muss, weil hier mit Sicherheit innerhalb der nächsten zehn Minuten kein freies Taxi vorbeifährt und mein Handy im Safe der Kabine liegt: unangenehm.

Was soll's. Ich werde jetzt zum ersten Mal in meinem Leben trampen. Am liebsten würde ich den Daumen nach unten halten, es wäre meiner Stimmung angemessen. Was für eine unnötige Schikane, ich wollte einfach laufen gehen und ein wenig mit dem Tod ringen, aber doch nicht so. Wer außer zwielichtigen Gestalten mit Mordabsichten nimmt schon eine verschwitzte Joggerin mit? Wenn mein Zeitgefühl mich nicht täuscht, fahren in der ersten Stunde nur zwei Autos vorbei, die nicht bis obenhin voll sind mit Familien und Reisegepäck. Beide Male sitzen mittelalte Herren am Steuer, das Lenkrad des Wagens in den Händen, als wäre es das Tor zu einer anderen Dimension. Beide fahren zu schnell, als dass sie mich überhaupt erkennen könnten.

Dann, endlich, hält ein etwas in die Jahre gekommener Kleinwagen. Darin sitzt zu meiner Erleichterung eine weitgehend normal aussehende Frau mit, naja, eingeflochtenen Vogelfedern im Haar.

»Wo willst du hin?«, fragt sie mit unverkennbarem Wiener Dialekt durch das heruntergelassene Fenster.

»Nach Engelhartszell, zur Schiffsanlegestelle. Können Sie mich ein Stück mitnehmen?«

»Ist auf dem Weg. Steig ein.«

Im fürchterlich warmen Auto riecht es nach schwerem Parfum und Staub. Ich unterdrücke ein Husten, halte meine Hand in Richtung der Frau und sage: »Ich bin Jana. Hallo.«

»Gabriella«, sagt sie und verziert ihren Namen mit einem koketten Zungenschlag. Wir fahren los, zum ersten Mal seit Stunden entspannt sich meine Stirn.

Gabriella beginnt sofort zu reden von sich und ihrem Leben, als sei ihr Beifahrersitz der einzige Zuschauerplatz ihrer Sendung. Es geht um die Wiener Kulturschickeria, journalistische Reisen in den Nahen Osten Ende der 80er und verblasste Fotos im Handschuhfach von ihr und irgendwelchen Regierungschefs, Gabriellas Schulterpolster breit wie eine Kühlschranktür. Sie lässt tausend komplizierte Namen von Menschen und Orten fallen und sieht es mir glücklicherweise nach, dass ich von keinem davon je gehört habe und nicht weiter nachfrage. Ein ganzes Menschenleben erzählt in zwanzig Minuten Autofahrt, das muss man erstmal schaffen. Trotzdem klingt alles an Gabriellas Biographie logisch und klug verknüpft, zusammengehörende Begegnungen und Erlebnisse. Das Schlimmste am Jungsein ist, denke ich, die Verwirrung darüber, wie das eigene Leben zusammenhängt. Man weiß noch nicht – oder will noch nicht wissen – dass es keinen roten Faden gibt. Life is chaos and then you die. Nur das menschliche Gehirn liebt die Ordnung, die entsteht, wenn wir Kausalketten bilden. Ich bin heute hier, weil ich gestern dort war. Dabei passieren die meisten Dinge im Leben so, wie ich auf diesen Autositz gelangt bin: Kurz nicht aufgepasst und dann irgendwie hineingeraten.

»Berlin also«, sagt Gabriella schließlich mit süffisanter Neugier in der Stimme. »Wie lebst du in Berlin, wie ist der Himmel dort, kannst du den Himmel von deinem Fenster aus sehen?« Himmel! Was für eine Frage. Niemand, den ich in Berlin kenne, kann aus seiner Wohnung den Himmel sehen. Alle leben dunkel und prekär, Frischluft gibt es nur in Ausnahmefällen. Horizont gibt es erst wieder ab Tarifbereich C und niemand hat Zeit, so weit rauszufahren. Das, was man in Berlin für den Himmel hält, ist eigentlich kalter Zigarettenrauch, Smog und pulverisierte Hoffnung von Leuten wie mir, die herkamen und dachten, jetzt wird alles nice.

Das sage ich natürlich nicht. Ich sage »Ja klar, aus allen Fenstern sehe ich den Himmel, alles andere wäre doch zu traurig.« Gabriella nickt zufrieden und bremst, wir sind da. Ich steige aus und bedanke mich höflich. Gabriella zerdrückt mir mit ihrer jahrzehntelang trainierten Lebensbegeisterung die Mittelhand und verschwindet im Auto Richtung Altstadt.

Als ich zurück zum Schiff komme, ist es weg. Also wirklich weg. Nicht einfach ein paar Meter weiter vorn oder hinten an der Anlegestelle geparkt, sondern zwischen den fünf weiteren Donaukreuzern, die hier anliegen, ist keines die MS Mozart. Meine eben erst getrocknete Haut wird wieder schweißnass.

Plötzlich spricht mich von der Seite ein uniformiertes Bordmitglied eines dieser Nobelschiffe an, bei denen es jeden Abend Büffet mit Krabbencocktail und Champagner gibt. Ein junger Typ mit viel Produkt im Haar und Oberlippenflaum fragt: »Suchen Sie die Mozart? Sind Sie die Vermisste von der Mozart? Die haben schon abgelegt, um 3.«

Ich reiße die Augen auf und nicke gleichzeitig wissend, was vermutlich ziemlich wirr und unzurechnungsfähig wirkt. »Danke«, sage ich, oder hauche es vielmehr, wie die Frauen in alten Filmen, kurz bevor sie ohnmächtig werden. Ich werde nicht ohnmächtig. Stattdessen schaltet mein Gehirn blitzschnell in den Notfallmodus. Alles, was jetzt passiert, passiert in der tranceartigen Konzentration und Gefasstheit einer Rettungssanitäterin. Die Vermisste von der Mozart bringt sich selbst zurück an Bord.

Im erstbesten Eiscafé am Platz erfrage ich erst die Uhrzeit (15 Uhr 47) und die Nummer eines Taxiunternehmens (3 und 2 sehr oft hintereinander), bestelle in der Zentrale bei einer trägen Frau einen Fahrer (den Ferdi), steige wenige Minuten später in seinen Mercedes und frage den Ferdi, was die nächste Anlegestelle flussabwärts ist (Linz). Ferdi, ein schmaler, ganz und gar untaxifahrerhaft aussehender Knabe, hilft in seinen Semesterferien im Taxibetrieb seiner Mutter aus, die in der Zentrale die Anfragen verwaltet. Er schätzt die Fahrt auf etwa 45 Minuten und ich ihn auf etwa 15, aber er scheint zumindest schon eine Fahrerlaubnis zu haben. Mit Ferdi fahre ich genau dieselbe Landstraße wieder in die andere

Richtung, die ich eben erst mit Gabriella passiert habe. »Eh schon wurscht«, sagt Ferdi, der findet, dass ich hier gerade alles genau richtigmache. Ich überschlage grob, dass er an dieser Fahrt einen beachtlichen Betrag verdienen wird, den ich weder bar noch virtuell besitze. Eh schon wurscht.

Der Ferdi erzählt ein wenig. Er wohnt noch zu Hause, seine Freundin, die Larissa, macht in Salzburg eine Ausbildung zur Krankenpflegerin. Sie sehen sich nur am Wochenende, aber das ist schon okay, sagt der Ferdi, wenn man sich ständig sieht, hat man sich schon bald nichts mehr zu sagen. Bisher läuft eh alles sehr gut mit ihm und der Larissa. Ende des Sommers wollen sie mit dem Wohnwagen von Larissas Eltern in den Süden. Vielleicht Italien, vielleicht Kroatien, das werden sie noch sehen. Zum zweiten Mal an diesem Tag werde ich neidisch auf die sortiert wirkenden Verhältnisse anderer Leben. Der Ferdi und die Larissa. Irgendwo knapp über Nürnberg fängt das an, dass Leute den bestimmten Artikel vor Namen setzen.

Ich wache von einer sanften Berührung am Arm auf. »Wir sind jetzt da«, sagt der Ferdi. Ein Blick aus dem Fenster: stimmt. Die letzten Minuten der Fahrt bin ich in einen hilflosen Dämmerschlaf versunken. Es dauert einige Sekunden, bis mir wieder einfällt, warum ich in Sportklamotten in einem Taxi in Österreich an einer Anlegestelle sitze und jetzt 87,70 Euro bezahlen soll.

Früher, nach langen Autofahrten zu Verwandten oder Freunden, wollte ich nie aussteigen. Ich wollte für immer sitzen bleiben und alle zwanzig Minuten die Kassette umdrehen. Es ist auf eine Art ungerecht und unnatürlich, sich als Kind auf die Suche nach den Eltern machen zu müssen. Es verkehrt die Zuständigkeiten. Auch jetzt würde ich am liebsten im Auto bleiben.

Die Mozart hat noch nicht angelegt, dementsprechend auch nicht mein Geldbeutel. Ich erkläre dem Ferdi meine eingeschränkte Bezahlsituation. »Schickst es halt per Überweisung«, sagt er und drückt mir die Rechnung in die Hand. Das Handschuhfach, aus dem er den Rechnungsblock fingert, ist voller Falco-CDs.

Die Mozart legt an, als ich gerade mit einem Plastikbecher voll Leitungswasser aus dem Kiosk komme. Sobald die Brücke liegt, werde ich von den Blicken der Crew an Bord gezerrt. Im Foyer werde ich von Ivanka und Bordmanager Janko zur Seite genommen und verhört. Wo ich gewesen sei, warum ich nicht Bescheid gegeben habe, man habe sich Sorgen gemacht, man habe bereits die Polizei verständigt. Ich gebe sorgfältig Auskunft. Als Janko weg ist, fragt Ivanka noch, wo ich die geile Laufhose herhabe. Zurück in der Kabine fällt mir immerhin auf: paar Stunden nicht an Milan gedacht.

Beim Dinner sitze ich neben Marita und Enno. Die beiden sagen nichts, mustern mich aber neugierig. Mir gefällt, sie auf die Folter zu spannen. Nach der Vorspeise (Vitello Tonnato, vegetarisch: Erbsen mit Schäumchen von Irgendwas, viel Dill) breche ich mein Schweigen.

»Ich war einfach nur laufen«, sage ich.

»Aha! Wir dachten schon, du hättest einen Fluchtversuch unternommen«, sagt Marita und lacht.

»Gewissermaßen. Ich habe mal ein bisschen Abstand gebraucht. Konnte ja nicht ahnen, dass der gleich so groß wird.«

»Du wurdest viermal ausgerufen an Bord. Wir sind dann abgefahren, weil sich Frau Hübner an der Rezeption gemeldet hat. Sie ist ein bisschen schwerhörig. Hübner, Bühler, das kann man schon mal verwechseln, wenn man über 80 ist. Erst als wir schon eine Weile abgelegt hatten, haben wir nochmal nachgefragt und dann auch die

Polizei verständigt. Wir beide haben dich verraten. Tut uns leid.« Marita streichelt ein bisschen meine Hand.

Ich schüttle den Kopf. »Schon okay. Und was habt ihr heute sonst so gemacht?«

»Ach, nicht viel«, sagt Enno. »Bisschen Kreuzworträtsel und Sonnenbrand.«

»Anderes Wort für Jugend, vier Buchstaben[1]?«, fragt Marita.

»Trauma.« sage ich.

»Das sind sechs Buchstaben, Jana.

Will noch jemand Wein?«

Zurück in der Kabine höre ich neben den üblichen Motorengeräuschen lautere Musik als sonst. Ein Gast, ich glaube, der rothaarige Belgier, hat sich Bob als Hobbymusiker offenbart und sich als Gitarrist in seine Show eingebaut. Erleichtert sinke ich tiefer ins Kissen. Meine 15 Minuten Ruhm als Teil des Ensembles liegen damit hoffentlich hinter mir.

*

1 LENZ

Wenn in meiner Kindheit vom »wichtigsten Mann im Leben« geredet wurde, dachte ich nie an meinen Vater, sondern immer an den Busfahrer. Der Busfahrer war ein älterer, mürrischer Mann mit grauem Polohemd, das über seiner Brust spannte und vor dem wir, die Kinder des Dorfes, mächtig Respekt hatten. Stoisch saß er auf seinem breiten, bei jedem Schlagloch mitfedernden Sitz und bediente mit erfahrener Langeweile die riesigen Knöpfe und Hebel im Bus. Er interessierte sich nicht für unsere stolz vorgezeigten Monatskarten und bretterte mit irrem Tempo die verschlungenen Landstraßen entlang. Die einzige Möglichkeit, aus der Enge des Dorfes zu entkommen, war sein schaukelnder Bus, der immerhin vier Mal am Tag in die nächstgelegene Kleinstadt fuhr. Für die Distanz von fünf Kilometern Luftlinie brauchte er knapp dreißig Minuten. Während der Ernte länger, wenn bedrohlich schwankende Traktoren voller Heu auf der Ladefläche vor dem Bus im Schritttempo herfuhren. Wir Kinder, ein johlender, nach Wurstbrot und Kopfhaut riechender Haufen, setzten uns nie, sondern ließen uns im Stehen kreischend in jede scharfe Kurve fallen. Von denen gab es auf der Strecke einige. Dazu noch als Krönung unserer Begeisterung eine besonders große Bodenwelle: Wenn man da mit Karacho drüberfuhr, war es kurz wie in der Achterbahn. Dass der Busfahrer uns nie ermahnte, oder wenigstens langsamer fuhr, werteten wir als stille Billigung unseres Vergnügens.

Morgens den Bus zu verpassen war die größtmögliche Katastrophe. Keuchend die gelben Lichter davonfahren zu sehen, war der Moment der persönlichen, allertiefsten Niederlage. Im besten Fall musste man eine, im schlimmsten fünfzehn Stunden warten, ehe die nächste Fahrt angetreten werden konnte. Der Busfahrer wartete nie auf heranlaufende Fahrgäste, deren schwere Taschen im Takt ihrer Schritte gegen die Hüften schlugen. Streng und unerbittlich wurde abgefahren, wenn es Zeit war.

Wenigstens diese Eigenschaft hatte er mit den Vätern meiner Freundinnen und Freunde gemein, die zu bestimmten Uhrzeiten mit bestimmter Hand und ohne Diskussionen über den Fortgang der Dinge entschieden. Und uns zum Beispiel einfach den Fernseher abstellten, von dem wir gerade so gut unterhalten wurden. Im Gegensatz zum Busfahrer waren sie meist keine Unterstützer unserer Freude. Ein Umstand, der mich einmal mehr davon überzeugte, es sei besser, statt eines Vaters einen Busfahrer im Leben zu haben. Irgendwann quittierte der Busfahrer allerdings den Dienst und wurde durch einen jungen Kerl ersetzt, der sich enttäuschend genau an die Verkehrsregeln hielt.

TAG 3

Eigentlich wäre ich mit Marita und Enno zum Frühstück um 7 Uhr (ihr Vorschlag) verabredet gewesen, aber von meiner Freundin Tessa habe ich gelernt: Wenn du die Wahl hast zwischen Schlaf und Essen, wähle den Schlaf. Denn essen kannst du fast immer und überall, schlafen nicht. Nach ein paar unruhigen Stunden im Dämmerschlaf gebe ich trotzdem auf. Gegen den ersten Hunger hilft ein zerdrückter Schokoriegel aus dem Rucksack. Gegen das Gefühl, statt eines Gehirns nur noch angetrocknete Spachtelmasse im Kopf zu haben, nicht.

Auf dem Weg ans Oberdeck durchquere ich das Foyer. Zwei gedämpfte, aber vertraute Stimmen dringen zu mir, es klingt, als hätten sie sich eine Decke übergeworfen. Ich sehe mich um und entdecke eine angelehnte Tür mit der Aufschrift »Staff only«. Scheinbar unterhalten sie sich über eine Sache, die nicht vertraulich genug ist, um die Tür ganz zu schließen.

»… so eine Show abziehen, was glaubst du, wer du bist«, höre ich Milan sagen.

»Mach mal nicht so einen Wind um die Sache, es war ein spontaner Einfall, und den Leuten hat es gefallen«, antwortet eine Stimme, die nach Bob klingt.

Ich lehne mich unauffällig in Hörweite an eine Säule und tue so, als würde ich etwas auf dem Handy tippen.

»Das ist mir egal, du sollst dich nicht an Gäste ranschmeißen. Wir hatten das Thema schon hundertmal, wie oft denn noch!« sagt Milan, und langsam klingt er ungehalten.

»Spiel hier nicht den Eifersüchtigen, auch das Thema hatten wir schon hundertmal«, sagt Bob. »Kaum ist hier mal eine unter 60 an Bord, drehst du durch. Das ist doch ein Witz.«

Mir wird klar, was ich schon ahnte: Die reden über mich. Irgendwie fühle ich mich jetzt doch ein bisschen seekrank.

Schritte auf Steinboden. Ich bin so überrascht, mir fällt nicht einmal das Handy runter. Milan und Bob entdecken mich zeitgleich.

Milan: Hallo!
Ich: Hallo!
Bob: Hallo!
Milan: Na, wie geht es?
Ich: Ja, also –
Bob: Alles gut, Jana? Wie ist das Leben als Star an Bord?
Milan: Bob, bitte.
Ich: Ja, also –
Bob: Heute Abend wieder? At the copacabana?
Ich: Auf gar keinen Fall.
Milan: Du könntest auch mal das Steuer übernehmen, wenn dir Singen zu langweilig ist.
Bob: Milan, bitte.
Ich: Auf gar keinen Fall.
Milan: Lass dich von Bob nicht bequatschen.
Bob: Du könntest auch mal die Melodica.
Ich: Ja, also – nein. Sehr nett. Aber danke.
Bob: Schade.
Milan: Wir müssen dann auch weiter.
Bob: Oder mal Keyboard? Ich bringe dir paar Griffe bei und –
Milan: Bis später!

Ihre Stimmen entfernen sich. Ich gehe peinlich berührt aufs Sonnendeck, wo sich nach mehreren Stunden in einer Sonnenliege meine Moleküle wieder verfestigt haben. Das einzige weitere Ereignis des Tages: Mückenstiche.

*

Wie ich es mir vorstellte, meinen Vater zu treffen: Wir lernen uns kennen, ich finde ihn so oder so oder auch völlig anders, und dann ist er das. Nicht nur biologisch, sondern auch emotional. Verhandlungen unnötig, die Gene regeln das Zugehörigkeitsgefühl. Seine Spielfigur erhält einen festen Platz und gehört ab jetzt dazu. Er ist mein Vater, und er bleibt es. Blut ist dicker als Wasser, oder geht zumindest schwerer wieder raus.

Wie es wirklich ist: Das Gefühl für den Vater ist flüchtig. Der Ort, an dem ich es aufbewahre, ist nicht sicher. Wenn Milan etwas tut, das ich ablehne, ist er sehr schnell nicht mehr mein Vater, sondern nur noch ein fremder Mann, mit dem ich nichts zu tun haben will.

Die Entfremdung passiert rasend schnell, die Auslöser können unauffällig sein. Ein zu langer Blick auf den Hintern einer Frau in meinem Alter, ein etwas zu aufdringliches Parfum, eine leicht abschätzige Bemerkung. Allzu schnell kippe ich aus meinem Tochter-Gefühl heraus und hinein in die andere Wahrheit, die Parallelrealität: dieser Mann hat mit mir nichts gemeinsam, er führt ein mir fremdes Leben nach mir unbegreiflichen Idealen und Regeln. Wir sind zwei Planeten mit Umlaufbahnen, die sich unter normalen

Umständen nie geschnitten hätten. Es fiele mir leicht, zu sagen, ich möchte mit jemandem, der so ist, nichts zu tun haben. Aber am Ende ist dieser Jemand mein Vater, trotzdem mein Vater, immer noch mein Vater, bleibt mein Vater.

*

So ein Schiff ist kleiner, als man denkt. Und so ein Schiff ist auch kleiner, als mir lieb ist. Auf dem Weg vom Sonnendeck zurück in die Kabine treffe ich erneut auf Milan. Eigentlich würde ich gerne höflich lächelnd an ihm vorbeigleiten, aber er bedeutet mir mit Blicken, dass er etwas sagen möchte.

Milan: Das Ding ist –
Ich: Was ist das Ding?
Milan: Ich würde dich gerne in eine Bar einladen heute Abend …
Ich:
Milan: Hast du Lust?
Ich: Äh…
Milan: Schön!
Ich: Okay.
Milan: Um acht am Steg.
Ich: Schön.
Milan: Okay.

Das muss man sich mal geben. Der Typ, der mein Vater ist, aber es nicht weiß, lädt mich auf Drinks ein. Ruft man da die Polizei? Oder das Jugendamt? Oder das Fernsehen? Ich nehme mir vor, mich ausdrücklich freundschaftlich zu verhalten.

Um acht stehe ich freundschaftlich am Steg. Es ist immer noch zu warm für eine lange Hose, was ich mit einem übergroßen Hemd kompensiere, so dass es jetzt aussieht, als trüge ich gar keine Hose. Die anderen Gäste wurden bereits direkt nach dem Abendessen mit Reisebussen in die Linzer Innenstadt gebracht, wo sie jetzt eine Rundfahrt mit Jo in der historischen Stadtbahn machen. Milan trägt ein leuchtend rotes Sakko aus Samt und ein weinrot gemustertes Hemd. Sein Parfum schiebt er wie eine Bugwelle aus Moschus vor sich her.

Er begrüßt mich mit einem Wangenkuss und winkt dem Taxi, das er vorab bestellt hat. Ich drücke mich auf der Rückbank gegen das Fenster und atme gegen die Scheibe. Als wir auf dem Marktplatz ankommen, ist der noch immer belebt und voller Menschen, die diesen Sommertag am kleinen Finger festhalten. Es ist die Uhrzeit, zu der die letzten Familien und Touristen über den Platz bummeln, aber sich auch schon die ersten Jugendlichen aus den Randgebieten mit Tretrollern am Brunnen treffen, um dort aus großen Plastikflaschen Energydrinks mit Wodka zu trinken. Der Geruch von warmen Pflastersteinen, frischen Eiswaffeln und billigem Alkohol verfängt sich in den gestreiften Sonnenschirmen der Cafés und weht zu uns herüber. Vor einem Souvenirgeschäft erkenne ich einige Schiffsgäste, unter ihnen der stille Däne. Er ragt aus der Menge heraus wie ein Basketballer beim Kinderturnen. Während die anderen Kaffeebecher mit einem Foto der Stadtkulisse begutachten, geht sein Blick über die Köpfe hinweg ins Leere. Wo auch immer er gerade in Gedanken ist, ich wäre jetzt lieber dort.

»Kleines Eis?«, fragt Milan. Ich nicke.

Auf dem Marktplatz in Linz gibt es zwei beinahe identisch aussehende Eiswagen direkt nebeneinander. Auf dem einen steht »Feinstes Speiseeis nach italienischer Rezeptur ohne Geschmacksverstärker«, auf dem anderen »Original italienisches Speiseeis aus Bio-Milch«. Das feinste Speiseeis kostet 1,60 die Kugel, das italienische 1,80. Wir können uns nicht für einen Wagen entscheiden, also nimmt Milan den Wagen links, ich den rechts. Als wir uns mit unseren Waffeln in der Mitte wiedertreffen, beginn Milan zu lachen. Wir haben genau dieselben Sorten gewählt: Himbeer und Pistazie. Scheiß Gene.

*

Immer wenn meine Mutter von Männern erzählte, die sie unmöglich fand, wurde ich hellhörig. Das war ein Zeichen. Jemanden einen »Idioten« zu nennen, war in der Erwachsenenwelt ziemlich sicher das geheime Synonym für Liebe. Es gab im Laufe der Jahre womöglich noch einige Idioten nach meinem Vater in ihrem Leben – keinen davon bekam ich je zu Gesicht – aber jedes Mal befiel mich dieselbe Beklemmung: dass jetzt bald ein Mann in unser Leben treten könnte.

Was würde der dann bei uns machen? Stünden dann andere Sachen auf dem Frühstückstisch? Wehe, wenn der mit schmierigem Fleischsalat ankam. Würde andere Musik im Auto laufen? Würde meine Mutter dann mit ihm statt mit mir streiten, und würde sie da alle Schimpfwörter benutzen, die ich nicht sagen durfte? Weiter als bis zu diesen Fragen kam ich nie und musste ich auch nicht kommen. Unser Haushalt blieb männerfrei, und Dreckscheiße durfte ich trotzdem nicht sagen.

*

Kurz bevor wir an der Bar ankommen, erklärt Milan, dass die Bar eigentlich eine »Spelunke« ist, in richtige Bars gehe er gar nicht. »Wer braucht schon diese ganzen Cocktails mit Gemüse darin, ich will lieber ein ganz normales Bier, gut gekühlt und nicht zu teuer, und wenn ich noch dabei rauchen kann, ist das doch wunderbar.« Ich weiß nicht, ob ihm die Unterscheidung zur Bar wichtig ist, oder ob es eigentlich nur darum geht, dass er das Wort »Spelunke« kennt. Er kennt natürlich auch die Besitzerin. Gitti sei eine alte Bekannte, was auch immer das heißen mag.

Es könnte durchaus passieren, denke ich mit einem Mal, dass ich keine Lust mehr habe. Also auf das alles, insgesamt. Es ist zu viel, und zwar von allem. Zu schön, zu schlimm, zu neu, zu krass, zu nah. Wie ich hier so sitze in dieser stinkenden Bar in Linz und mich durch die Unterhaltung mit Milan brülle, der eine Anekdote nach der anderen erzählt und dann wieder von vorn anfängt. Meine Aufgabe im Gespräch ist es, zu nicken und an den halbwegs richtigen Stellen zu lachen.

Milans Erzähltaktik ist zugegebenermaßen gut. Er beginnt jeden Satz mit: »Habe ich dir schon erzählt, wie –«, aber anstatt mir dann die Möglichkeit zu geben, zu bestätigen, dass ich die Geschichte schon kenne, erzählt er sie einfach.

Ungefähr so: »Habe ich dir schon erzählt, wie ich einmal für eine Reisegruppe in Norwegen Kuchen backen wollte und dafür statt Moltebeeren versehentlich unbekömmliche Krähenbeeren einsammelte? Bemerkten wir erst zurück in der Hütte. Wir standen schließlich in der Küche und hatten die Wahl, 60 hungrige Gäste zu enttäuschen oder einige gastroenterologische Komplikationen in Kauf zu nehmen.«

Oder: »Habe ich dir schon einmal erzählt, wie ich mit meiner Mutter zu Besuch in Warschau bei einer Cousine war und im Nebenzimmer der Pension nachts durch randalierende Gäste so ein Krach war, dass Mutter und mir nichts anderes übrig blieb, als den mitgebrachten Wodka zu trinken in der Hoffnung, dadurch endlich in komatösen Schlaf zu fallen, meine Mutter aber nach etwa einer Stunde wieder einfiel, dass sie bereits zwei Schlaftabletten genommen hatte? Ich musste um jeden Preis verhindern, dass sie einschlief, denn wir hatten Angst, ihr Herz würde stehen bleiben, und sangen die ganze Nacht tschechische Volkslieder.«

Milans Geschichten machen Spaß. Sie sind ungewöhnlich und manchmal so absurd, dass sie ausgedacht klingen, aber gut ausgedacht. Ich bin ein bisschen neidisch, wie viel er erlebt hat, und es bestätigt meine Befürchtung: Mein Leben ist jemand anderem passiert.

Fragen stellt Milan keine. Nicht einmal nach zwei Stunden in der Bar, nachdem die Gäste an den Nachbartischen einmal gewechselt haben. Ich warte immer ungeduldiger darauf, ich beobachte, wie seine Augen nach dem dritten Bier langsam wässrig werden, ich warte auf ein Zeichen und die Möglichkeit, meine Biographie durch Erzählungen an seine zu knüpfen. Dann endlich.

»Jana, ich rede so viel von mir.«

»Stimmt. Stell du mir doch mal eine Frage.«

»Gern. Also: Was möchtest du über mich wissen?«

Als ich von der Toilette komme, sind meine Hände immer noch verkrampft vor Wut. Gleichzeitig habe ich beschlossen, mich erwachsen zu verhalten und nicht zu tun, was ich eigentlich gerne tun würde: mit dem Taxi zurückfahren. Nicht zum Schiff, sondern nach Hause.

Stattdessen hole ich tief Luft und sage den Satz, von dem ich hoffe, dass er unserem Gespräch Tiefe geben wird: »Wie gerät ein Mann wie du eigentlich auf ein Schiff wie die MS Mozart? So ganz passt das doch nicht zusammen, so ein Vagabund auf der immer gleichen Strecke.« Denn es ist wahr: So, wie ich Milan beobachtet habe, passt er nur auf den ersten Blick in dieses Umfeld. Er wirkt zu wach, zu schnell, zu sehr über den Dingen stehend, als dass ich ihm abnehmen würde, dass es seine wahre Erfüllung ist, immer und immer wieder mit Menschen im Alter der eigenen Eltern im Schneckentempo die Donau hinabzuschippern. Als habe er sich eine Rolle ausgesucht, die er jeden Tag überstreifen und am Abend wieder an den Haken hängen kann.

Milan blickt mich erst an, dann durch mich hindurch.

»Weißt du, es ist keine ganz einfache Geschichte. Ich bin kein einfacher Mann. Leider. Das ist der Grund. Es ist meine achte Saison auf dem Schiff. Acht Jahre, das ist verdammt lange, wenn man davor nie mehr als ein paar Monate am selben Ort war. Im Grunde bin ich ein ewiger Reisender, da hast du Recht. Meine Bekannte Hedy aus Arizona sagte mal, ich hätte eine Trucker-Persönlichkeit. Stimmt. Fahre gern Auto. Bin gern unterwegs. Vor allem allein. Brauche kein festes Zuhause. Wohnen strengt mich an. Früher hab ich alles Mögliche gemacht, um über die Runden zu kommen und nicht zu Hause sein zu müssen. War Kurierfahrer in Bratislava, Paketbote in Sevilla, Nachtwächter in Athen, Bergführer in Lappland und Skilehrer in Norwegen. Geld habe ich nie viel gebraucht, ich wollte immer nur reisen, ab und zu ein Bier trinken und eine schöne Frau einladen auf irgendwas. Einfaches Leben, weißt du. Wie man das aus den Filmen kennt. So habe ich viel gesehen, viele Menschen getroffen, manche immer wieder, andere nur einmal. Aber wie das so ist: Man wird ja nicht jünger. Nächstes Jahr werde ich sechzig. Ungefähr. Vielleicht auch älter, aber ich lüge immer ein bisschen, bei allem, was ich erzähle.« Ich glaube ihm sofort. Zwei Gäste, die Milan erkennen, als sie an uns vorbeigehen, grüßen nickend und beobachten uns neugierig. Sicherheitshalber rücke ich etwas näher an die Wand.

Milan scheint nichts davon zu bemerken und nimmt einen großen Schluck Bier. Dann denkt er lange nach. »Wenn du mich fragst: Warum dieses Schiff, warum dieser Job, diese Leute, das ewig gleiche Essen? Naja. Ich glaube, ich bin einfach müde geworden. Ich bin vierzig Jahre lang nur davongelaufen. Vierzig Jahre! Das ist doch irre.« Er fasst sich an die Stirn, als habe er den Gedanken zum ersten Mal laut ausgesprochen.

»Einmal hatte ich ein gerissenes Kreuzband, aber ich bin als Fahrradkurier trotzdem weiter meine Touren gefahren, 10 Stunden am Tag. Ging ja nicht anders. Wollte ich nicht anders. Aber irgendwann wünscht man sich ein wenig mehr Ruhe. Bisschen Komfort. Bisschen mehr Geld. Also dachte ich: welches Leben hat mir besonders gefallen, welche Menschen mag ich? Da fielen mir ein: Urlauber. Prinzipiell entspannt und auf der Suche nach der nächsten Vergnügung. Keine großen Sorgen, nur die Frage, ob im Becher oder in der Waffel. Aber Stadtführer war mir zu anstrengend. Immer aufpassen, dass man keinen verliert und dann die ganzen Fragen. Nein, wir können nicht noch vier Stunden länger bleiben. Ja, im Museum gibt es eine Toilette. Und immer mit Kindern. Puh. Mit Kindern kann ich sowieso nicht.«

Fast sage ich: »Weiß ich.« Sage ich aber nicht.

Milan fährt fort. »Ältere Menschen sind mir angenehm. Haben schon viel gesehen, müssen sich nichts mehr beweisen. Und mir auch nicht. Kein großes Ego. Oder zumindest nicht größer als meins. Die können viel Interessantes erzählen und freuen sich über Aufmerksamkeit mehr als alles andere. Dankbares Publikum. Zu der Zeit kam dann ein Kumpel aus Rotterdam auf mich zu und meinte, Milan, du brauchst doch bestimmt wieder Geld, und langweilig ist dir auch. Er hatte Recht, und drei Monate später stand ich hier am Steuerrad.« – »Wollte keiner einen … Führerschein sehen oder so etwas in der Art?« Etwas an Milans saloppper Erzählung lässt mich stutzig werden. »Iwo, Führerschein«, sagt er mit einer wegwerfenden Handbewegung. »Die Reederei hatte es eilig, Ersatz zu finden. Ich habe ein paar Unterlagen und das Kapitänspatent frisiert und mir den Rest von Iwan zeigen lassen. Du hast ihn oben schon gesehen, das ist der andere Steuermann, der mit den schmalen Schultern. Er ist der zärtlichste Kapitän der Donau.« Ich nicke und bestelle ein zweites Glas. Mein Kopf glüht.

»Jedenfalls.« Milan fährt fort. »Ich mag das Schiff. Die Crew ist toll. Alles Kroaten. Mit denen kann man arbeiten. Und trinken. Komm, jetzt einen Sliwowitz!« Ich lehne ab. Eine falsche Frage, eine unvorsichtige Bemerkung im Überschwang könnte mich verraten. Wenige Sekunden später steht ein randvolles Glas vor mir. »Auf die Woche!«, sagt Milan. »Auf die Woche«, nuschele ich mit kaltem Schweiß auf der Stirn. Der Schnaps verbrennt mir den Rachen. Beschwingt stellt Milan sein Glas ab und mustert mich interessiert. Unruhig rutsche ich auf meinem Hocker hin und her. »Und Familie – hast du?« Milans Gesichtszüge frieren ein. »Ist kompliziert«, brummt er. Dieses Mal sage ich es dann wirklich: »Ja, ich weiß.«

TAG 4

Als ich am nächsten Morgen die Vorhänge der Kabine aufziehe, blicke ich durch die mit feinen Wassertropfen besprenkelte Scheibe auf eine algenbewachsene Kaimauer. Es ist gegen zehn, zum ersten Mal auf dieser Reise wurde das »Do not disturb«-Schild außen an der Tür respektiert, das ich in der Nacht noch an die Klinke gehängt hatte. Zerknüllt bleibe ich so lange liegen, bis doch der Zimmerservice an die Tür klopft.

Wenig später stehe ich vor der Kaffeemaschine im Frühstücksraum und starre auf mein verschwommenes Spiegelbild im Edelstahl. Neben mir taucht ein Schatten auf: der stumme Däne. Sein Hemd ist um einen Knopf versetzt zugeknöpft, und er wirkt genauso matt wie ich. Ich glaube, wir sind jetzt sowas wie Freunde.

An Deck ist es ruhig. Die meisten Gäste machen sich in ihren Kabinen bereit für den Landgang oder sonnen sich bis zum Mittagessen. Milan steht im Steuerhaus, und ich kann an seiner Körperhaltung erkennen, dass er schlechte Laune hat. Ist diese Fähigkeit schon ein Symptom von Familie? Er brummt, als ich durch die schmale Tür trete, und blickt starr nach vorn. Ich wickle mir eine der türkisfarbenen Decken von den Liegestühlen um die Beine und setze mich schräg hinter ihn auf eine Ablage, die unter meinem Gewicht unbehaglich knarzt. Wir fahren Höchstgeschwindigkeit: 13 km/h. Ich bin nicht sicher, ob ich etwas sagen soll. Oder kann. Ich weiß nicht, was in ihm vorgeht. Ich weiß noch nicht einmal, was in mir gerade vorgeht. Der Abend in Linz klebt noch als Knäuel in meinem Hals.

Wahllos deute ich schließlich auf einen der vielen kleinen Hebel. »Wofür ist der?«

»Keine Ahnung«, knurrt Milan.

»Und die hier?« Eine wackelnde Plastikkrabbe, die jemand an die Armatur geklebt hat, springt mir ins Auge.

»Ach, die« und seine Stimme klingt ein wenig sanfter.

»Hat mal ein Aushilfskapitän angebracht, schlauer Typ war das. Die Vibration der Krabbe zeigt an, ob die Antriebswelle rundläuft. Solange der Kopf regelmäßig wackelt, ist alles gut. Bisschen wie bei alten Hunden.«

Einige Stunden später legen wir noch einmal an. Den Namen des Ortes merke ich mir nicht, obwohl es überall sehr hübsch ist.

Einige Gäste lassen sich in Eiscafés an der Uferpromenade nieder, andere nutzen die Gelegenheit, um Sonnenspray oder Bräunungsöl nachzukaufen. Ich verbringe den Nachmittag ziellos. Vielleicht, denke ich, wäre ich mit meinem Vater auch nicht über die Landkreisgrenze gefahren, wie meine Mutter damals.

*

Als meine Mutter mit mir schwanger wurde, war sie ungefähr so alt wie ich heute. Anders als ich lebte sie nicht 800 Kilometer von ihrer Familie entfernt. Sondern nur etwa sechs, in einer kleinen, schattigen Dachgeschosswohnung am Hang mit vertäfelten Wänden und Decken. Auf Fotos sieht es aus wie ein gemütlicher Sarg. Es waren die einzigen Jahre, die sie außerhalb des Hauses verbrachte, in dem auch ich aufwuchs. Die Kleinstadt fing am Ende ihrer Straße an. Ihre Ausbildung hatte sie vor zwei Jahren abgeschlossen und arbeitete seitdem als Floristin in einem kleinen Betrieb, der von einem noch kleineren Mann mit Schnauzbart geführt wurde. Eigentlich hatte sie Kunst studieren wollen, entschied sich aber auf Anraten meiner Großeltern für etwas Vernünftiges. In ihrem Beruf durfte sie manchmal zu Messen ins Ausland reisen, um dort die Stände vernünftig zu dekorieren. Die Auftraggeber, meistens große Unternehmen aus der Autoindustrie, bezahlten teure Restaurants und Hotels, aus denen meine Mutter die abgepackten Seifen mitnahm. Als Kind spielte ich oft mit der kleinen blau-goldenen Kempinski-Seife aus West-Berlin, die sie in dieser Zeit als einzige noch nicht aufgebraucht hatte. Sie roch nicht besonders gut, trotzdem konnte ich nicht widerstehen und probierte eine kleine Ecke. Danach spielte ich nicht mehr mit der Kempinski-Seife aus West-Berlin.

Als meine Mutter mit mir schwanger wurde, hatte sie in ihrem jungen Leben bereits zwei Heiratsanträge abgelehnt, blickte zurück auf einige längere und kürzere Liaisons, besaß eine Dauerkarte fürs örtliche Schwimmbad und ein kleines Auto und war mit meinem Vater seit ungefähr einem Jahr ein Paar. Eine solide Bilanz, das wäre es auch heute noch.

Die Anträge stammten allerdings nicht von meinem Vater. Die einzigen Anträge, die er in dieser Zeit stellte, waren Aufenthaltsgesuche. Er lebte unter Duldung in Deutschland, weil er im Jahr zuvor aus seiner tschechoslowakischen Heimat geflohen war. Die Enge des Systems war ihm zu viel geworden, besonders, seit er in einer Metallwarenfabrik Schichten als Teilekontrolleur schob. Die Flucht, die erste von vielen in seinem Leben, war unvermeidlich.

In Abwesenheit zu einer Gefängnisstrafe wegen Landesverrats verurteilt, musste er auf jeden Fall verhindern, von den deutschen Behörden wieder zurückgeschickt zu werden, sonst hätte ihm dort Gefängnis oder Zuchthaus gedroht. Alle zwei Wochen musste er bei der Ausländerbehörde vorstellig werden und durfte den Landkreis nicht verlassen. Dass nach seiner Flucht nicht die Freiheit, sondern deutsche Bürokratie auf ihn wartete, hatte er sich sicherlich anders vorgestellt. In dieser Zeit, das erzählte meine Mutter, war mein Vater in ständiger Sorge um seine Mutter zu Hause. Wäre ihr etwas zugestoßen, hätte er sich entscheiden müssen: Gehe ich zurück zu ihr und lande sicher im Gefängnis, oder bleibe ich in Freiheit und lasse meine Mutter im Stich? Seine Mutter hielt durch oder ließ sich zumindest bis zum Mauerfall wenig später nichts anmerken.

Wie genau sich meine Eltern kennengelernt haben, habe ich nie gefragt. Ich war ein diskretes Kind. Außerdem hätte ich dann meine eigene Version der Geschichte aufgeben müssen, die mir eigentlich sehr gut gefällt. Sie geht so:

Meine Mutter arbeitet vernünftig in dem kleinen Betrieb vom noch kleineren Mann. Sie steht in abgeschnittenen Jeans und einem ausgeblichenen T-Shirt an einem Tapeziertisch und schneidet große Stücke Stoff zu. Es riecht nach Spraydosenlack und Benzin von draußen, wo gleich nebenan eine Tankstelle ist. Die Tür geht auf, und mein Vater kommt herein. Er ist zu dieser Zeit Kurierfahrer und hat eine große, schwere Kiste dabei. Meine Mutter nimmt die Kiste und trägt sie ganz allein ins Lager. Mein Vater ist sehr beeindruckt. Als meine Mutter aus dem Lager zurückkommt und den Annahmeschein unterschreiben muss, beschließt mein Vater, dass er in meine Mutter verliebt ist. Ab da kommt er jeden Tag unter einem Vorwand mit einer neuen schweren Kiste, damit meine Mutter etwas unterschreiben muss. Nach dem dritten Mal bringt mein Vater von der Tankstelle nebenan eine Cola-Dose mit, die sie gemeinsam trinken. Danach ist die Sache klar. Man merkt an dieser Erzählung: Alles, was ich über die Liebe weiß, habe ich aus Werbespots für Softdrinks gelernt.

Ich stelle mir ihre Beziehung so vor, dass meine Mutter viel arbeitete und mein Vater viel Zeit für sich brauchte, zum Herumfahren, und um das neue Land kennenzulernen und sich als guter, neuer Deutscher regelmäßig bei der Behörde zu beweisen, dass man sich an Termine halten kann und so weiter. Ich stelle mir vor, dass sie Spaß zusammen hatten, aber sich manchmal darüber stritten, wer jetzt gerade mehr auf seine Interessen verzichten musste. Ich stelle mir vor, dass es vermutlich nicht leicht war, in ein neues Land zu kommen und gleichzeitig geduldet und verliebt zu sein.

Der Landkreis, in dem mein Vater zur Duldung untergekommen war, war klein und schnell erkundet. Er hatte aber eine Bekannte in Bayern, die er an einem der ersten Frühlingstage zusammen mit meiner Mutter in ihrem hellblauen Renault besuchen fahren wollte. Meine Mutter befand, dass der bayerische Wohnort der Freundin sehr eindeutig außerhalb des Landkreises lag und mein Vater deshalb den Besuch nicht riskieren sollte. Mein Vater fand, dass meine Mutter eine Schisserin war. Schließlich wollte mein Vater allein fahren. Meine Mutter zog den Autoschlüssel ab und ging. Mein Vater hatte ab diesem Moment wieder sehr viel Zeit für sich. Ich war zu diesem Zeitpunkt eine etwa viermal geteilte Eizelle.

TAG 5

Der Höhepunkt der Reise: Wien. Wie immer haben sich die Gäste der MS Mozart am Morgen im Salon versammelt, um den Tagesablauf noch einmal von Reiseleiter Jo vorgelesen zu bekommen.

Die einzelnen Anlaufpunkte: Stephansdom, Hofburg, Burgtheater, Konzerthaus, fakultative Stadtführung, Leihräder gegen Aufpreis. Ankunft gegen 11, Abfahrt am nächsten Tag um 24 Uhr. Genug Zeit, um in der Hitze der Stadt verloren zu gehen. Oder das zu tun, worüber ich die ganze Nacht nachgedacht habe.

Die Stadt glüht. Ein trockener Wind weht die Gäste von Bord in den Transferbus Richtung Stadtzentrum. Als ich aus meiner Kabine komme, ist das Schiff bereits leer, ein Staubsaugerkabel führt quer durch den Eingangsbereich über die roten Fliesen. Große Wagen, überladen mit

Bergen von weißer Bett- und Tischwäsche, stehen wie grasende Büffel in den Fluren.

Ivanka sitzt an der Rezeption und tippt. Ihre Fingernägel klackern bei jedem Anschlag laut auf die Tastatur. »Könnte ich – also, wissen Sie, wo der Kapitän heute ist, eventuell? Ich habe ein paar Fragen?«, sage ich mit brüchiger Stimme. Langsam glaube ich, es bringt überhaupt nichts, Dialoge vorher im Spiegel zu üben. »Hm?« – Ivanka zieht die Augenbrauen hoch. »Ich weiß, dass Milan heute frei hat. Ich würde ihn gerne treffen. Wissen Sie, wo er sein könnte?« Ivanka zieht nachdenklich die dünnen Augenbrauen hoch. »Er isst immer in der Augustinerstraße zu Mittag. Draußen am Restaurant hängt ein Schild mit einem Eselskopf. So gegen 13 Uhr trifft er meistens dort ein.« Ich nicke dankbar, aber Ivanka hat schon wieder den Kopf gesenkt und tippt weiter. Beim Gehen verheddere ich mich beinahe im Staubsaugerkabel.

»L'asino che ride«, so viel geben meine Italienischkenntnisse gerade noch her, bedeutet »Der Esel, der lacht«. Und das tut er tatsächlich. Das von Ivanka beschriebene Bild außen am Restaurant ist in Wirklichkeit ein auf Brusthöhe angebrachter Eselskopf aus Bronze, der die Zähne bleckt und dabei ein beeindruckendes Gebiss freilegt. Er sieht ein bisschen gemein aus. Ich wüsste gerne, worüber der Esel lacht.

Wenn ich er wäre, würde ich jedenfalls über mich lachen, wie ich hier vor ihm stehe. Es ist halb zwölf, ich bin viel zu früh, aber ich wusste vor Nervosität nicht, wohin mit mir. Die aufgeheizten Handgriffe des Leihrads haben mir auf der Fahrt die Handinnenflächen verbrannt, mein Rücken ist nassgeschwitzt, genauso mein Nacken und meine Stirn. Ich schwitze, als gäbe es einen Preis dafür. Es ist flüssige Angst. Dazu noch mein komplett beiges Outfit, mit dem ich zwischen den Wiener Altbauten aus Sandstein zu einer Crème verschmelze. Ich dachte ja, Rentner tragen viel Beige und hielt es für eine gute Idee, mich anzupassen. Es stellt sich heraus, dass das nicht der Fall ist und ich als Einzige auf dem Schiff wie ein Stück Butter angezogen bin.

An dem Abend in Linz, als ich mit Milan schweigend zurück zum Schiff fuhr, ahnte ich bereits, dass mein Plan nicht aufgehen würde. Ich wollte mir meinen Vater ganz in Ruhe ansehen und bei Nichtgefallen zurücklassen wie eine besichtigte Wohnung, die man doch nicht nimmt. Ich hatte nicht mit der Wucht gerechnet, mit der mich meine Gefühle vereinnahmen würden.

Es gibt jetzt drei Möglichkeiten für den Ausgang dieser Sache:

1. Ich schaffe es, für den Rest der Reise dichtzuhalten und implodiere, sobald ich von Bord gehe.

2. Ich schaffe es, für den Rest der Reise dichtzuhalten und implodiere nicht, frage mich aber den Rest meines Lebens, was gewesen wäre, wenn ich die Wahrheit ausgesprochen hätte.

3. Ich sage Milan die Wahrheit und gebe mich als seine Tochter zu erkennen. Ergebnis offen.

Nach und nach muss ich auf dieser Reise vieles loslassen. Die Vorstellungen von dem Kleidungsstil von Rentnern, die Erwartungen an eine All-Inclusive-Schiffsreise und das Idealbild von meinem Vater. Ich möchte jetzt, dass er die Wahrheit weiß. Darüber habe ich nachts in der Kabine nachgedacht. Das Vibrieren des Motors im Rücken und die wachsende Gewissheit im Nacken: Solange ich es nicht mit ihm teile, lastet das Gewicht unserer Beziehung allein auf mir. Ich will, dass er teilnehmen kann an uns. Wir waren lange genug allein, jeder für sich. Jeder mit seiner Lücke, in die er Leben hineingestopft hat, und ich die Angst davor.

Hat der Esel gerade gezwinkert?

*

Irgendwann habe ich aufgehört, andere um ihre Väter zu beneiden, denn irgendwann haben die anderen aufgehört, ihre eigenen Väter cool zu finden. Wie ein Trend, den nach einer Weile niemand mehr mitmacht, wurden die lässigen Dads plötzlich in den Erzählungen meiner Freundinnen und Freunde irgendwann lästig und schließlich egal.

Mindestens die Hälfte der Eltern in meinem Umfeld trennten sich bis zum Abitur, meistens zogen die Väter aus. Sie wurden zu einer regelmäßig überwiesenen Summe auf dem Konto, zu einem Weihnachten in zwei Wohnungen oder zu einem »Kein Anschluss unter dieser Nummer«. Oder sie blieben einfach die Typen, die nie Fragen stellten oder wenn dann die falschen.

»Ich weiß gar nicht genau, was mein Vater eigentlich für ein Mensch ist. Wir haben nie darüber geredet. Ich war das Kind, er war mein Papa. Ich kam nie darauf, ihm Fragen zu stellen, die ihn nicht als meinen Vater betrafen«, sagt Tessa einmal in den sentimentalen Tagen kurz vor Weihnachten, die Stimme dabei weich wie der schwere Schnee, der draußen liegt.

Den Aufstieg und Fall der Väter, ich habe ihn gesehen. Aus der zweiten Reihe zwar, aber immerhin noch nah genug, um zu verstehen, dass viele Menschen, die ich kenne, eine irgendwie seltsame Beziehung zu ihnen haben, nicht nur ich.

*

Der Esel lacht noch immer geheimnisvoll, als ich an ihm vorbei durch die Eingangstür gehe. Im Inneren des ebenerdigen, niedrigen Raumes ist es kühl, das Licht, das von der Gasse durch die kleinen Fenster fällt, ist schummrig. Die Bar verläuft in einem kleinen Bogen und teilt den Raum in zwei Hälften. In der rechten hinteren Ecke am Durchgang zur Küche sitzt ein Mann im einst weißen Unterhemd und liest Zeitung. Auf seinem Tisch steht eine Espressotasse neben einer Schachtel Zigaretten. Ansonsten ist der Raum menschenleer.

Ich setze mich an einen Tisch in der anderen Raumhälfte. Milan wird bald hier sein. Meine Aufgabe bis dahin ist: nicht durchknallen. Nicht schreien, nicht fluchen, nichts an die Wand werfen, ein bisschen wie die Verhaltensregeln im Kindergarten.

Der Kellner unterbricht mich mit seiner Frage nach Getränken in meinen Gedanken. »Einen Grappa, bitte«, sage ich. Ich habe, glaube ich, noch nie Grappa getrunken. Schmeckt furchtbar. Der zweite auch.

Als Milan den »Lachenden Esel« betritt, ist mein Körper neblig. Wie auch immer die nächste Stunde verläuft, es wird erst später richtig wehtun.

»Ah, du bist auch hier! Eine sehr gute Wahl in dieser Gegend.« Milan begrüßt mich in professionellem Plauderton.

Als wäre es so abgemacht, nimmt er an einem Tisch im hinteren, verwinkelten Teil des Restaurants Platz und bestellt ein kleines Bier und einen schwarzen Kaffee. Er winkt mich heran, ich sinke in den Stuhl ihm gegenüber. Meine Beine kleben fest am Plastikstuhl. Da, wo irgendwann mal Nagelhaut war, spüre ich nur noch ein Brennen.

»Ich, also. Ich glaube, ich muss etwas klarstellen.«

Es klingt, als wolle ich auf einer Behörde Beschwerde einlegen. Mein Hund hat nicht gebissen, der andere war zuerst! Milan zieht kurz die Augenbrauen hoch, die wachen Augen folgen jeder meiner Bewegungen.

»Wir kennen uns. Also nicht wirklich, aber …«

Milan sieht mich jetzt aufmerksam an.

»Ich bin deine Tochter. Übrigens.«

Übrigens. Ich wollte unbeschwert klingen. Hey na! Übrigens. Es klingt bescheuert.

Milan sagt lange nichts.

In seinem Gesicht erkenne ich keine Regung.

»Ich hätte dich nicht erkannt«, antwortet er schließlich. Der Kellner tritt in diesem Moment erneut lautlos an den Tisch. Milan bestellt einen Teller frittierte Tintenfischringe.

Calamari.

Ich dachte immer, die großen Momente im Leben sind genau das: groß. Von enttäuschend und völlig absurd hat mir niemand etwas gesagt.

*

Wir treten blinzelnd aus dem Dunkel des Restaurants wie ein Ehepaar nach der Trauung auf dem Standesamt. Wir sind jetzt Vater und Tochter. Milan schlägt eine Radtour vor. Ich hätte nicht gedacht, dass er so schnell in seine Vaterrolle hineinwächst. Mir gefällt die Idee. Es ist eine gute Möglichkeit, sich miteinander zu beschäftigen, ohne sich miteinander zu beschäftigen.

Nachdem Milan die Leihräder zu mir herübergeschoben hat, in jeder Hand einen Lenker, stehen wir einander stumm gegenüber und sehen uns auf eine Weise an, die man sonst nur aus Filmen kennt. Lange und ungläubig, gleichzeitig vertraut und fremd, die Lider flackern fast unmerklich, als würde starker Wind wehen.

»Hast du einen Hut?«, fragt mein Vater, »Es ist zu heiß in der Sonne ohne.« Statt zu antworten, verdrehe ich die Augen. Ich hätte nicht gedacht, dass ich so schnell in meine Tochterrolle hineinwachse. Milan erklärt mir auf einer zerfledderten Karte, die er aus seiner Handtasche holt, welche Route wir fahren. Ich höre nicht zu und sage einfach nur: »Cool«.

Nach zehn Minuten halten wir an, und ich kaufe bei einem Straßenhändler eine Cap. Vorne ist die Aufschrift »I HEART VIENNA« aufgestickt, schlecht lesbar auf einem bunten Blumenmuster; 18 Euro. Beim Bezahlen blicke ich in das Gesicht eines grinsenden Verkäufers. Wir pflügen schwerfällig durch die stehende Luft am Donaukanal, unter Brücken durch und obendrüber, durch Parks, Wohngebiete, Gründerzeitviertel. Das heißt: Schwerfällig bin nur ich, Milan radelt überraschend leichtfüßig. Ich frage, ob er den Motor seines Elektrorads angeschaltet hat, und er lügt so schlecht, dass ich lachen muss. »Schönes Graffiti«, sagt er zur Ablenkung und deutet im Vorbeifahren auf ein hässliches Graffiti.

»Typisches Papakind«, hörte ich früher manchmal Mütter über ihre Töchter und Söhne sagen, nicht ganz ohne Kränkung in der Stimme. Es bedeutete, dass da eben doch Präferenzen für einen Elternteil bestanden, gegen die man trotz aller Muttermacht nicht ankam.

Ich wäre eines dieser Papakinder gewesen, zumindest fürchte ich das, je länger ich ihn kenne. Wacher Geist, lustige Ideen, Begeisterung für erstmal fast alles, die Freude am Bruch mit der Norm. Das gefällt mir und hätte mir auch früher nicht nur gefallen, sondern mich vielleicht sogar gerettet. Zweimal gerate ich beim Fahren ins Schlingern und rausche beinahe in den vertrockneten Grünstreifen neben dem Radweg. Milan dreht sich jedes Mal nach mir um. Entschuldigung, ja, ich hatte kurz was im Auge.

*

Als wir am Zentralfriedhof ankommen, möchte ich das Grab von Falco sehen. Ich weiß, dass er hier liegt, denn Jo hat davon gesprochen und davon, dass das Grab architektonisch bemerkenswert ist. Was auch immer das heißen mag, ich möchte es herausfinden.

Jo hat Recht. Falcos Grab sieht von Weitem aus wie ein überdimensionaler Pokal für den 3. Platz einer Amateur-Segelregatta. Ein schmaler Obelisk aus rotem Marmor mit silbernen Buchstaben, daran eine riesige halbrunde Glasscheibe mit einem Bild von Falco und den Titeln all seiner Hits am Rand entlang aufgedruckt. Als ich näher herangehe, erkenne ich, dass es eine Schallplatte darstellen soll.

Neben dem Denkmal steht noch ein gewöhnlich aussehender, schlichter Grabstein mit der Aufschrift »Hans Hölzel«. Außenherum: Kuscheltiere. Drei Pilgerinnen kommen dazu, machen Bilder, setzen sich auf eine Bank, beratschlagen über ihr Mittagessen. Milan und ich stehen ratlos davor. »Welche Musik magst du eigentlich?«, frage ich. »Bevorzuge eher Hardrock«, sagt Milan, »Aber Falco hatte ein paar interessante Jacketts an in den 80ern.« Hardrock. Die Antwort finde ich gut. Solche Sachen sagen nur Väter.

Wir halten zum Essen auf dem Rückweg in einer abgelegenen Seitengasse. Das heruntergekommene Lokal hat die Kontrolle durch das Gesundheitsamt offenbar nur deswegen bestanden, weil man sofort nach Eintreten vom Geruch nach kaltem Zigarettenrauch und abgestandenem Frittierfett betäubt wird. Niemand ist hier noch in der Lage, einen klaren Gedanken zu fassen.

Mein Vater unterhält sich mit seinem Biergulasch in einem gusseisernen Pfännchen. Er beginnt, von seinen vergangenen Beziehungen zu reden. Ich höre höflich weg wie bei jemandem, der sich gerade übergibt. Eine junge, sehr nette Kellnerin kommt, wischt das Wasser weg, das ich gerade verschüttet habe, bringt neue Servietten und ein neues Glas Soda Zitron.

Auf der Toilette lasse ich mir kaltes Wasser über die Handgelenke laufen, bis sie taub sind. Wir treffen uns draußen vor der Gaststube wieder, wo wir uns wortkarg verabschieden. Milan sagt zweimal, dass er den Tag sehr schön fand. Ich sage nichts.

Den Rest des brennenden Nachmittags sitze ich wie einbetoniert auf einer Parkbank an einem kleinen, wenig belebten Platz vor einer Kirche. Die Zigarette, die ich in einem unbemerkten Moment aus Milans Packung gefischt habe, rauche ich so hastig, dass mir schwarz vor Augen wird.

Einmal übergebe ich mich leise in einen Mülleimer.

Einmal fragt ein Obdachloser nach ein paar Euro.

Einmal klingelt aus einem geöffneten Fenster ein Festnetztelefon.

Vier Mal drücke ich seinen Anruf weg.

Eine Million Mal frage ich mich, ob es das alles wert war.

*

Vor dem Ablegen der MS Mozart in der Nacht steht für die Schiffsgäste ein Besuch im Wiener Konzerthaus auf dem Plan. Es ist das kulturelle Highlight der Reise. Ich bereue ein wenig, dass ich mich nicht dafür angemeldet habe. Stattdessen bin ich wieder mit Milan in einer Bar verabredet. Dass ich es überhaupt schaffe, von der Bank aufzustehen, gibt mir das Gefühl, ein medizinisches Wunder zu sein.

Weil ich den Weg nicht sofort finde, ruft Milan auf dem Weg zweimal an. Das erste Mal klingt er noch besorgt, das zweite Mal höre ich in seiner Stimme eine gewisse Ungehaltenheit.

»Wo bist du?«, fragt er.

»Ich weiß nicht, ich kenne die Gegend nicht«, sage ich.

»Warum weißt du nicht, wo du bist?«, fragt er zurück.

»Wie gesagt, ich kenne das hier alles nicht. Ich werde es schon finden. Ich komme etwas später, tut mir leid.«

»Welche Station bist du ausgestiegen? Wie heißt die Straße, in der du jetzt bist?« Milan ignoriert meinen Versuch, das Gespräch zu beenden.

»Straße weiß ich nicht. Ausgestiegen bin ich an der Volksoper.«

»Du bist falsch. Steig bitte in ein Taxi und fahr bis Schottentor. Dann ruf mich noch einmal an.«

»Milan, ich finde es allein. Tut mir leid, dass du warten musst, aber –«

»Warum tust du nicht einfach, was ich sage, wenn du dich nicht auskennst?« Milan fällt mir schneidend ins Wort. Dann legt er auf.

Fassungslos starre ich auf mein Display. Dass Menschen mitten im Gespräch auflegen, kenne ich nur aus Vorabendserien. Hoffentlich schaut mein Vater keine Vorabendserien.

Kurz verspüre ich wieder den Impuls, ins nächste Taxi zu springen. Aber nicht, um seinem Befehl zu folgen, sondern um wieder zurück zum Schiff zu fahren. Oder noch besser: gleich zum Flughafen. Ich komme nicht darauf, welchen Fehler ich gerade gemacht haben soll. Die ganze Situation ist ein Witz, über den ich lachen könnte, wäre ich nicht die Hauptfigur darin. Mein Interesse, Milan zu sehen, ist mittlerweile vollständig verflogen. Wie kann ein erwachsener Mann so unreif sein? Und: Warum muss ausgerechnet ich das aushalten?

In jedem anderen Moment hätte ich gewusst, wie ich reagieren will: die Verabredung absagen, weil so ein Auftakt mir die Lust nimmt, oder mich beruhigen und weitergehen. Aber jetzt bin ich aufgeschmissen. Muss ich nicht alles tun, um den Kontakt zu meinem Vater nicht sofort wieder abreißen zu lassen? Ein beklemmendes Schuldgefühl überkommt mich. Ich habe einen Konflikt heraufbeschworen, der unsere noch instabile Beziehung in Gefahr bringt. Vielleicht hätte ich einfach tun sollen, was er sagt. Wahrscheinlich ist es sogar das, was er sich unter Vatersein vorstellt: ein gehorchendes Kind.

Für einige Minuten setze ich mich auf die Marmorstufen eines angeberisch beleuchteten Gebäudes und atme in den Kopf, bis der Widerstand, den Weg fortzusetzen, wieder kleiner wird. Auf der Strecke über den Ring umgibt mich das Postkarten-Wien wie Eischnee. Als ich an der besagten Adresse ankomme, fühle ich Resignation schwer in den Beinen, als sei ich durch Sand gerannt.

Milan begrüßt mich ganz normal vor dem Eingang der Bar, was meine Irritation noch vergrößert. Er wartet im weißen Leinenanzug auf mich und sieht ein bisschen aus wie Fitzcarraldo auf dem Weg zum Squash. Nur der feine Schweißfilm über seiner Oberlippe verrät eine gewisse Anspannung.

Wir machen belanglose, distanzierte Konversation. Da, wo bei anderen der Vater einfach angewachsen ist, stehe ich aufs Neue vor einem fremden Geräteteil, von dem ich nicht weiß, wo es in meinem Apparat hingehört. Er fällt bei jeder Erschütterung von mir ab. Im Grunde könnte ich ihn auch ausbauen, ohne dass es auffallen würde. Und dann ein Leben ohne Störfälle führen. Ich hole tief Luft und drücke ihn wieder fest.

»Wie geht es eigentlich deiner Mutter?«, fragt Milan schließlich. Er klingt müde.

»Gute Frage«, sage ich, »Meinst du jetzt im Moment, oder eher so die letzten zwanzig Jahre?«. Die Schärfe in meiner Stimme überrascht mich. Milan räuspert sich, während sich ein beklemmendes Schamgefühl in mir breitmacht.

»Nein, ich meinte einfach – egal. Ich hoffe, es geht ihr gut, irgendwie.«

»Denke schon«, sage ich noch, ehe er Richtung Tür geht. Als er nach einer halben Ewigkeit immer noch nicht wieder zurück ist, gehe ich auch.

*

Ich weiß nicht einmal, ob das stimmt. Also, dass es meiner Mutter gut ging. Ich glaube, als alleinerziehende Mutter ging es ziemlich oft um andere Dinge als darum, ob es ihr gerade gut ging. Ich weiß nicht, ob meine Mutter in den Neunzigern ein Buch gelesen, ein Bad genommen oder geschlafen hat. Ich denke eher nicht.

Wenn meine Mutter nicht die Mutter gewesen wäre, die sie war, nämlich gleichzeitig auch ein Vater, hätte ich nicht begeistert drei verschiedene Instrumente anfangen und lustlos wieder aufhören können. Niemand hätte mich vom Tanzunterricht oder von Übernachtungspartys abgeholt, bei denen mir das Übernachten plötzlich doch unheimlich vorkam. Es waren diese Abende, an denen sie wortlos ins Bett kippte vor Erschöpfung. Es waren auch Abende, an denen ich wach lag, weil ich wusste: ich war wieder zu viel gewesen, vor allem für eine einzige Person.

*

Später schlendere ich allein über den Ring, vorbei an den cremefarbenen Prachtbauten der Wiener Innenstadt. Hochzeitstorten mit Hausnummer. Auf den Stufen sitzen um diese Zeit immer noch viele Menschen in kurzen Hosen und Röcken und erzählen sich vom Tag, ein letztes Eis in der Hand. An einem Kiosk steht ein junger Mann mit Ghettoblaster. Er spielt kroatische Schlager, manchmal kommt jemand vorbei und kauft eine Packung Filter oder Bier. Manchmal singt er ein paar Takte mit und lehnt sich an den Tresen, bis wieder jemand kommt. Aus irgendeinem Grund weiß ich, dass ich mich später an dieses Bild genau erinnern werde, wie er da lehnt, wippend, Zigaretten drehend, im Rücken die sanften Lichter der Stadt. Mir fällt die geblümte Cap in meiner Tasche ein. Ich werfe sie mit einer ruckartigen Bewegung in den nächsten Mülleimer und fühle mich sofort schlecht dafür.

Es ist weit nach Mitternacht, als ich zum Schiff zurückkehre, aber immer noch so warm, dass meine Oberschenkel an den orangefarbenen Sitzschalen in der Straßenbahn festkleben. Als ich an Bord ankomme, wartet die Besatzung schon ungeduldig auf mich, den letzten verschwitzten Gast, der Schiffsmotor röhrt bereits. Ich bin immer noch verwirrt und wütend und würde gerne etwas gegen die Wand werfen, weiß aber nicht, ob ich ausreichend dagegen versichert bin. Stattdessen putze ich aggressiv Zähne. Während ich darauf warte, dass die Klimaanlage endlich die aufgeheizte Kabine kühlt, höre ich dem erschöpften Sex des britischen Ehepaars nebenan zu. Wir schlafen irgendwann zeitgleich ein.

TAG 6

»Hast du mich manchmal vermisst?« Milan starrt auf einen Brandfleck auf dem Tresen. Ich lasse meinen Blick langsam über seine Finger, die sanfte Maserung des dunklen Holzes, den halbvollen Aschenbecher und den warmen Lichtkegel der Lampe wandern.

Der Reisetag ist stumm an mir vorübergezogen. Ich habe im Halbdunkel der Kabine gelegen und mich nur bewegt, um Schwarzkirschen aus einer Papiertüte im Regal zu angeln, der Körper schwer wie nach einer Grippe. Der Hunger hat mich irgendwann zum Dinner getrieben, die erneute Überforderung durch die Einsamkeit unter den ganzen Menschen schließlich noch vor dem Dessert an die Bar.

Dort sitzt Milan und erblickt mich, noch ehe ich hinter einer Plastikpalme verschwinden kann. Die Enge des Schiffs schubst uns aufeinander. Wir sitzen nebeneinander wie zwei erschöpfte Gladiatoren.

»Hast du mich manchmal vermisst?«. Seine Frage hängt zwischen uns in der Luft wie ein auf halber Strecke angehaltener Dartpfeil.

»Nein.« Ich weiß sofort, ich hätte lügen sollen.

»Also – ich habe vieles vermisst, von dem ich heute weiß, dass ich dich damit gemeint habe. Aber ich konnte dich als Mensch nicht vermissen. Ich wusste ja gar nicht, wer du warst. Wo du bist. Weißt du.«

Milan zündet sich die nächste Zigarette an und schweigt zum ersten Mal, seit er mein Vater ist. Ich glaube übrigens nicht, dass man an Bord rauchen darf.

»Hast du mich denn vermisst?«, frage ich. »Du wusstest immerhin die ganze Zeit, dass du eine Tochter hast.«

»Manchmal«, sagt Milan mit rauer Stimme. Das Wort schafft es fast nicht aus seinem Hals. Er hätte lügen sollen. Es wäre einfacher gewesen, mir vorzustellen, dass unsere nicht gemeinsam verbrachten Leben keinerlei Einfluss aufeinander hatten. Ich ohne ihn, er ohne mich. War eben so. Und es war ja wirklich so. Kein großes Ding. Bis jetzt. Ab jetzt: Riesiges Ding.

»Es war eine dunkle Zeit. Ich denke oft daran zurück, an diesen Moment. Du warst vielleicht ein paar Monate alt, ich wusste, du bist nur ein paar Kilometer entfernt, aber ich konnte nicht zu dir. Ich wusste nicht, wohin mit mir selbst. Ich fuhr stundenlang mit dem Auto durch die Weinberge, änderte ständig die Route – Freunde besuchen, nein, in die Kneipe, nein, nach Hause, nein. Irgendwann hielt ich auf einem Autobahnrastplatz und brach im Auto zusammen. Ein LKW-Fahrer klopfte an die Scheibe und fragte in breitem Berlinerisch, ob alles in Ordnung sei. Ich war völlig fertig. Seitdem –«, Milan holt langsam Luft, »seitdem war ich eigentlich nur noch auf der Flucht. Die Jahre danach habe ich versucht, so wenig wie möglich darüber nachzudenken. Das war mein Motor.«

Mein Blick geht ins Leere. Ich bin fast erstaunt darüber, wie viel ehrliches Mitgefühl ich empfinden kann. Und wie viel Wut.

»Und eine neue Familie wolltest du nie?« Im Moment des Aussprechens bemerke ich, wie sehr ich die Antwort auf die Frage fürchte.

»Das kam immer ganz auf die Frau an. Mal hatte ich eine Freundin, die konnte Kinder nicht ausstehen, also machten wir Witze über Paare mit Kindern und freuten uns an unserer Freiheit. Dann wieder hatte ich eine Freundin, die unbedingt ein Kind wollte und ich war sicher, ich will das auch. Schlussendlich hat es nie geklappt. Ich glaube, ich wäre kein guter Vater gewesen.«

»Warum nicht?«, frage ich. Milan denkt kurz nach. »Was mir fehlt ist – die Fähigkeit, an jemand anderes zu denken als mich selbst. Etwas nur für jemanden zu tun, weil ich ihn mag, das kenne ich nicht. Ich kenne Pflichten und Egoismus. Alles andere traue ich mir nicht zu. Leider.«

Die Verächtlichkeit in meinem Gesicht bemerkt auch Milan.

»Ja, du denkst wahrscheinlich von mir, ich bin ein richtig schwacher Typ. Wahrscheinlich hast du damit Recht.«

»Bereust du es, dass du dich nie gemeldet hast?«

»Nein.«

»Was?«

»Nein, bereuen würde ich es nicht nennen.« Milan setzt sein Glas ab. »Ich glaube, es war besser so für alle. Weniger Drama.«

»Weniger Drama war es nur für dich.«

Wir sehen uns an. Sein Gesicht ist müde und weich, meines verzerrt.

»Mein Leben war nicht schlecht. Ich habe viel gesehen, viel erlebt. Einiges davon habe ich dir erzählt. Diese Geschichten sind alles, was ich habe. Immerhin, vielleicht ist das ein Trost. Dass die Zeit nicht verschwendet war. Wenn du das so sehen kannst.«

»Weiß ich noch nicht«, sage ich. Mir ist schwindelig, als hätte ich die ganze Zeit nicht geatmet. Unklar, wohin ich diesen Vater einsortieren werde. Eindeutig ist nur, dass mich die Ambivalenz meiner Gefühle überfordert, fast aufregt. Ich wollte wütend sein oder verletzt, wollte eine einzige und eindeutige Empfindung haben, auf die ich mich konzentrieren und verlassen kann. Stattdessen rotiere ich in einer Windhose aus Mitgefühl, Zorn, Enttäuschung und der gleichzeitigen Erleichterung darüber, endlich Tatsachen statt Vorstellungen vor mir zu haben.

»Jana! Kommst du heute Abend mit?« Enno und Marita stehen einige Schritte entfernt und blicken mich erwartungsvoll an. Stimmt, heute Abend ist wieder Disco mit Bob und dem Belgier – ich hatte es fast vergessen (verdrängt).

»Ja, gleich!« sage ich und wende mich wieder zu Milan, der plötzlich verschwunden ist.

Ich bin beinahe die Einzige an Deck, als ich

mich mit verquollenen Augen und Handy in der Hand die Treppen hochtaste und das Gesicht in den sanften Fahrtwind halte. Statt Milan steht der Co-Kapitän in seinem Häuschen, ansonsten ist es still. Darüber steht der Mond so tief und hell, dass die ohnehin spärliche Nachtbeleuchtung des Sonnendecks überflüssig wirkt. Unter dem Schiff raschelt das Wasser wie Geschenkpapier.

*

Im Salon ist es warm, so warm, dass ich bereits vor der Schwingtür am Eingang spüre: Heute Abend ist etwas anders als sonst. Lautes Stimmengewirr übertönt fast die Musik.

Auf der Bühne im hintersten Teil des Raumes: Bob und der Belgier. Dem zierlichen Mann um die 70 hängt eine seltsam zu groß wirkende E-Gitarre um den Hals, und ich kann bis hier den feinen Schweißfilm auf seiner Stirn sehen. Bobs Gesicht ist rot und leuchtet. Sie spielen »Stayin' Alive« und ich denke, ja, ganz genau. Im Erste-Hilfe-Kurs habe ich gelernt, dass man Herzdruckmassage im Rhythmus zu »Stayin' Alive« machen soll. In einer Arztserie habe ich gelernt, dass das eigentlich zu langsam ist und es außerdem sein kann, dass ein paar Rippen dabei brechen. Alles in allem: Bitte heute nichts davon.

Inmitten der überfüllten Tanzfläche entdecke ich Enno, Marita und den stillen Dänen. Alle drei sehen aus wie ich nach einer halben Flasche Sekt auf nüchternen Magen: orientierungslos, aber sehr, sehr glücklich. Besonders für den Dänen freue ich mich, dass er doch noch eine Art Mimik entdeckt hat. An der Bar sitzt der Amerikaner mit der unangenehmen Frau, die aber nirgends zu sehen ist. Neben ihm steht ein leeres Glas, und seine Mundwinkel hängen so tief, dass sie fast den Boden berühren. Normalerweise würde ich jetzt zurück in meine Kabine gehen und nachdenklich aus dem Fenster starren, bis ich müde werde. Aber hier ist nichts mehr normal und ich bin nicht nachdenklich, sondern alles gleichzeitig. Also halte ich dem Amerikaner die Hand hin.

Der, erst irritiert, dann geschmeichelt, taut aus seiner Versteinerung auf und folgt mir auf die Tanzfläche. Bob und der Belgier haben mittlerweile jeweils ein Kleidungsstück ausgezogen: Bob seine Paillettenweste und der Belgier direkt sein ganzes Hemd. Auf seiner leuchtend weißen Haut erkenne ich über die Jahrzehnte unscharf gewordene, bläulich verblasste Tattoos in Schnörkelschrift. »Madeleine« steht quer über seiner Brust unter rötlichem Flaum, direkt darunter: ein Hundekopf, Würfel und etwas, das aussieht wie ein Inhalator, wahrscheinlich aber ein Grammophon ist. Der Amerikaner klammert sich an mich wie ein Käfer bei Sturm. Ich habe keine Ahnung von Paartänzen, also wanken wir einfach ein bisschen durch die Menge.

Unterdessen peitschen Bob und der Belgier die Gäste weiter auf und spielen jetzt den Piña Colada-Song. Der Amerikaner wirkt plötzlich wieder steinern. Wo wir gerade noch Teil der wogenden Masse waren, hört er jetzt auf, sich zu bewegen und löst sich von mir. »They played this at our wedding«, sagt er leise, und ich nicke, aus Verständnis und zum Abschied. Er windet sich aus der Menge, und ich bleibe noch eine Sekunde stehen, bis der Refrain einsetzt und sich von mehreren Seiten Ellbogen in meinen Körper bohren. *If you like Piña Coladas, and getting caught in the rain.*

*

Wie empfanden Sie Ihren Aufenthalt auf der MS Mozart?

Wie bewerten Sie die Qualität des Essens?

Wie hat Ihnen der angebotene Vater gefallen?

Waren Sie mit Freundlichkeit und Service des Vaters zufrieden?

Haben Sie vor, in Zukunft weitere Reisen mit Ihrem Vater zu unternehmen?

Welche Verbesserungsvorschläge haben Sie am Angebot Ihres Vaters?

Würden Sie Ihren Vater Freunden weiterempfehlen?

*

TAG 7

Ein Turm aus Gepäck. Zusammenpassende Koffer, große Taschen und kleine Täschchen, dunkelblauer Stoff mit Leder an den Kanten, bauchhoch gestapelt, thronen wie ein Affenfelsen im Foyer des Schiffs. Karen reist ab, ihr Mann, hilflos und bleich, taumelt über Deck wie ein erschöpftes Tier nach einem schweren Kampf. Morgen ist der letzte Reisetag, aber unhaltbare Zustände kümmern sich wohl nicht um Routenplanung.

Ich sehe vom Fuß der Treppe aus zu, wie Karen und ein fremder Mann, vermutlich der Taxifahrer, die Gepäckstücke vom Schiff tragen. Dass Milan hinter mir steht, bemerke ich erst nicht. Dann sagt er: »Eine Kreuzfahrt überlebt nicht jede Beziehung. Die Enge in der Kabine, die Langsamkeit, die Langeweile an Bord zwischen den Mahlzeiten – hier sind schon langjährige Ehen zerbrochen und Paare als Todfeinde abgereist, die am ersten Tag die Einführung verließen, um Sex zu haben.«

Ich nicke stumm. »Willst du einen kleinen Ausflug machen?« Milan reißt mich mit seiner Frage aus meinen Gedanken. Natürlich will ich keinen Ausflug mit dir machen. Du bist ein fremder Mann mit Schuhen aus Krokodillederimitat. Aber jetzt bist du auch mein Vater.

»Ja, klar«, sage ich.

*

Milan sagt, er kenne hier in der Wachau einen befreundeten Wirt, dessen Auto er sich ausleihen dürfe. Ich solle am Kai warten, er sei gleich zurück.

Er ist tatsächlich sehr bald zurück, mit einem Auto, das ich mir genauso vorgestellt habe: ziemlich alt, fast noch schick, lederbezogenes Lenkrad, nur wenige peinliche Accessoires am Rückspiegel. Leider gefällt es mir ein bisschen.

Milan lehnt sich aus dem Autofenster und ruft »Steig ein!« in meine Richtung. Weil gerade auf der Dorfstraße ein Traktor vorbeiröhrt, klingt es wie »Stalin!«. Ich gehorche irritiert, aber pflichtbewusst.

»Ich dachte,« sagt Milan, während er den Wagen anlässt, »ich dachte, wir fahren einfach ein bisschen rum. Just cruisin', weißt du.« Ich weiß. Sinnlos rumfahren habe ich früher auch immer gemacht, wenn ich ungestört Musik hören wollte. Natürlich deutet Milan in diesem Moment hinter sich auf den Rücksitz. »Ich glaube, in dem Karton sind paar gute CDs, such dir doch eine aus.« Tatsächlich steht auf dem Sitz ein stattlicher Karton. Erst aufgeregt, dann ernüchtert sehe ich die Rücken der CD-Hüllen durch: Altemännermusik. Was hatte ich auch erwartet, ZZ Top, Status Quo, AC/DC.

»Ist was von ZZ Top dabei? Oder Status Quo?«, fragt Milan.

»Nein, leider nicht.«

»Komisch, dann hat Eckard die wohl rausgenommen. Letztes Mal waren sie noch drin.«

»Ja, sieht ganz danach aus.«

»Also was hören wir?«

Rolling Stones. Emotional Rescue. Vielleicht hilft es.

Wir kurven über die Landstraße an der Donau entlang, der alte Mercedes schlingert dabei ölig über die Straße. Währenddessen erzählt Milan eine Menge, aber ich verstehe das meiste nicht – er schreit an gegen den lauten Motor und Mick Jaggers Kopfstimme. Draußen: Viel Gegend. Wir müssen halten zum Gucken und parken in einer Postkarte. Vor einem mit Holzschindeln vertäfelten Haus, mit roten und rosafarbenen Geranien, die buschig und leuchtend vom Balkon im ersten Stock wallen wie Karnevalsperücken.

Vor uns spaziert gemütlich der Fluss vorbei. »Schön, oder?«, sagt Milan und legt den Arm um mich.

Ich erstarre und sage mit angehaltener Luft »Ja.«

Wir fahren weiter. Milan erklärt schreiend regionale Besonderheiten, während der Wagen ein wenig schlingert und wir statt der Stones jetzt doch etwas anderes hören. Vor dem Einsteigen hat Milan einen Blick in den Karton auf dem Rücksitz geworfen und die acht ZZ-Top CDs entdeckt. Na sowas. Ich versuche es mit Small Talk.

Ich: Diesen Sommer gab es doch Hochwasser.
Milan: Ja.
Ich: Wie ist das so auf dem Schiff.
Milan: Ab einer gewissen Höhe können wir nicht mehr anlegen oder unter Brücken durchfahren. Hatten wir zweimal.
Ich: Ja und das ganze Wasser?
Milan: Was ist mit dem?
Ich: Kommt das nicht zum Fenster rein?
Milan: Naja…
Ich:
Milan:
Ich: Also nicht?
Milan: Es ist ein Schiff.
Ich: Ja.
Milan: Es schwimmt.

Den Rest der Fahrt sage ich nicht mehr viel. Als wir wieder am Schiff anlangen, bereitet die Crew schon das Ablegen vor. Milan scheucht mich an Bord und bringt den Wagen zurück. Im Abfahren scheppert schon das nächste Gitarrensolo aus den offenen Fenstern.

Mein Blick fällt auf eine verwitterte Bushaltestelle auf der gegenüberliegenden Straßenseite. Ich wünschte, ich könnte jetzt irgendwen anrufen und davon erzählen, wie das ist, mit dem eigenen Vater unterwegs zu sein. Nämlich seltsam, befremdlich, anstrengend, verwirrend und zugleich das Größte überhaupt. Ich wünschte, ich könnte in die Vergangenheit telefonieren und mir Bescheid geben. Dass alles okay wird. Nicht gut, aber okay. Dass ich aufhören soll, meine Fähigkeiten zu unterschätzen, das Leben auszuhalten. Und vielleicht, dass ich ein paar gute CDs einpacken soll.

Früher bewiesen alle ihre Stärke mit Mutproben. Eine Flasche Tequila auf Ex oder etwas im Supermarkt klauen, solche Sachen.

Für mich ist es das hier.

TAG 8

Im Foyer: Geschäftiger Betrieb. Abreisetag, Ankunft am Zielhafen Passau in zwei Stunden, Koffer zum Transfer zum Bahnhof bitte an der Rezeption abgeben. Wer noch nicht gepackt hat, tut es jetzt in aller Eile, wer noch unbezahlte Zusatzleistungen hat, den trifft in diesen letzten Stunden leise und von anderen unbemerkt der Schlag am Tresen. Ivanka sitzt an ihrem Platz, ruhig und sicher wie eine Tresortür. Es gehört vermutlich zur Ausbildung in der Tourismusbranche dazu, Preisverhandlungen in sechs verschiedenen Sprachen zu verstehen und sie alle zu ignorieren.

Ich habe nicht nur das Abschlussdinner, sondern auch das Frühstück verpasst und steuere ziellos zwischen Oberdeck und Salon hin und her. Wo Milan ist, weiß ich nicht. Dafür treffe ich Marita, die sich mit Enno Videos und Bilder der Reise ansieht. Sie winken mich aufgeregt zu sich.

»Jana, schau mal. Die Eisbombe!«

In einem verwackelten Video darf ich den wichtigsten Moment des gestrigen Abends noch einmal nacherleben: Aus der scheppernden Anlage dröhnt der Radetzky-Marsch, während zwei Köche auf einem riesigen Tablett eine Eisbombe aus der Küche in den abgedunkelten Speisesaal tragen. Eine Handvoll Wunderkerzen brennt darauf und spendet spärliches Licht, irgendwas explodiert mit Konfetti, immer mehr Gäste beginnen zu klatschen. Im Hintergrund leuchten überall die roten Aufnahmeleuchten von Kompaktkameras wie Tieraugen im Dschungel.

»Toll«, sage ich.

Enno lacht. »Hat scheußlich geschmeckt.«

Meinen Koffer habe ich bereits vor der Kabine zur Abholung bereitgestellt. Es bleibt nichts weiter zu tun, als bis zur Ankunft hier zu sitzen und langsam zu spüren, wie die Anspannung aus meinem Körper weicht. Die anderen Gäste haben einfach eine Woche Urlaub gemacht, war sicher schön.

*

»So«, sagt Milan.

Wir stehen in Passau wieder am Schiffsanleger, genau an der Stelle, wo vor acht Tagen alles anfing. Oder aufhörte. Denn es ist gekommen, wie ich es geahnt hatte: mein Leben ist dasselbe, aber nicht mehr das gleiche. Es will eingeteilt werden in eine Zeit vor und nach dieser Reise, die in diesem Augenblick zu Ende geht.

Milan tippt eilig etwas in sein Handy, schultert seine Tasche und angelt den Autoschlüssel aus der Hose.

»Bringe eben noch schnell ein paar Dinge in mein Auto. Beifang der Woche«, sagt er, während er sich seine blau verspiegelte Sport-Sonnenbrille ins Gesicht schiebt. In ein paar Stunden sind schon die neuen Gäste da, hinter uns auf dem Schiff herrscht reger Betrieb der Crew. Ich stehe mit hängenden Armen neben meinem Koffer und nicke, im Moment des Abschieds diesem Mann hilflos zugetan. Und jetzt? Geht das hier einfach auseinander? Ein warmer Händedruck, und dann Bussi baba, wie im Wiener Tatort?

»Ich habe hier noch was für dich«, sagt Milan.

Na, bitte.

»Ich hoffe, es gefällt dir.«

Das hoffe ich auch.

Er zieht aus der Seitentasche seines Seesacks ein Etui.

Im silbrigen Etui liegt die gleiche blaue Sonnenbrille für sportliche Männer über 50, durch die mich Milan gerade erwartungsvoll anblickt.

»Ähm. Danke?«, sage ich. Sofort ist klar, dass ich den richtigen Tonfall verfehlt habe.

»Also wirklich. Danke. Die ist echt super«. Zum Beweis setze ich die absurd leichte Brille unfreiwillig schwungvoll auf und schaue Milan damit an. Wir sehen einander in der Spiegelung der Gläser an und müssen lachen.

»So«, sagt Milan noch einmal und lauter.

»Ja, also«, sage ich, noch lauter, um Zeit zu gewinnen.

»Die Sonnenbrille«, sagt Milan und überspielt die leichte Kränkung halbherzig, »ist für unser nächstes Treffen. Ich dachte, ich zeige dir paar schöne Stellen entlang der Strecke mit dem Rad. Vom Schiff aus sieht man vieles gar nicht. Also, natürlich nur, wenn du Lust hast.«

Ich nicke. Von mir aus hätte er auch vorschlagen können, gemeinsam im Lachenden Esel übrig gebliebene Pizzaränder von fremden Tellern zu essen – ich hätte »Ja« gesagt.

Milan räuspert sich. Es ist offensichtlich, dass er gehen möchte. Aber wie soll man sich in so einer Situation verabschieden? Es ist körperlich unmöglich. Wir müssen für immer hier stehen bleiben am Kai. Hinter uns an der Anlegestelle würde irgendwann das Schiff mit neuen Gästen und einem neuen Kapitän unter Hupen und Wasserrauschen losfahren, die Jahre zögen ins Land, das Wetter würde sich ändern, man würde uns, immer noch unfähig zur Regung, irgendwann eine Statue widmen. Vater und Tochter auf ewig vereint. Wegen der Brillen würden wir wirken, als wären wir ein eingeschworenes Team aus dem örtlichen Radsportverein.

Bevor ich etwas davon aussprechen kann, wirft Milan sich die Tasche über die Schulter, drückt mir flüchtig zwei Küsse auf die Wangen und geht mit federndem Schritt Richtung Parkplatz. Die Verabschiedung hat stattgefunden, nur eben ohne mich.

Die Donau ist übrigens überhaupt nicht blau. Ich dachte das immer. Wegen »An der schönen blauen Donau«. Jetzt stehe ich am Ufer, und sie ist grün. Ein milchig verwaschenes Grün, so wie das Pinselwasser im Glas, wenn man mit Wasserfarben Eis malt, Pistazie.